Pioneros

WILLA CATHER

PIONEROS

Traducción
Gema Moral Bartolomé

ALBA

╼ Clásica
Colección dirigida por Luis Magrinyà

Título original: *O Pioneers!*

© de la traducción: Gema Moral Bartolomé

© de esta edición: Alba Editorial, s.l.u.
Camps i Fabrés, 3-11, 4.º
08006 Barcelona

© Diseño: P. Moll de Alba

Primera edición: junio de 2001
Segunda edición: octubre de 2006

ISBN: 84-8428-099-3
Depósito legal: B-43 895-06

Impresión: Liberdúplex, s.l.u.
Ctra. BV 2241, Km 7,4
Polígono Torrentfondo
08791 Sant Llorenç d'Hortons (Barcelona)

Impreso en España

A la memoria de
Sarah Orne Jewett
En cuyo hermoso y delicado trabajo
Está la perfección
Que perdura

«¡Esos campos a los que cereales diversos dan color!»

MICKIEWICZ

PRIMAVERA EN LA PRADERA

La noche y la llanura,
Fértil y sombría y siempre silenciosa;
Kilómetros de tierra recién arada,
Pesada y negra, llena de fuerza y dureza;
El trigo que crece, las malas hierbas,
Los caballos esforzados, los hombres cansados;
Las largas carreteras desiertas,
Tristes llamaradas del ocaso, desvaneciéndose,
El cielo eterno, inmutable.
Frente a todo ello, Juventud,
Refulgente como las rosas silvestres,
Cantando como las alondras sobre los campos arados,
Brillando como una estrella en el crepúsculo;
Juventud con su insoportable dulzura,
Su acuciante necesidad,
Su intenso deseo,
Cantando y cantando,
Con los labios del silencio,
En el anochecer de la tierra.

ÍNDICE

NOTA AL TEXTO

Pioneros fue publicada originalmente por Houghton Mifflin, Boston, en 1913. En 1937 esta misma editorial publicó una edición revisada por la autora. La presente versión se basa en la edición de Vintage Classics (1992), que recoge las modificaciones introducidas en esta segunda edición.

PRIMERA PARTE

LA TIERRA SALVAJE

I

Un día de enero de hace treinta años, la pequeña ciudad de Hanover, anclada en una meseta de Nebraska, intentaba que no se la llevara el viento. Una neblina de ligeros copos de nieve se arremolinaba en torno al puñado de edificios bajos y sin gracia que se amontonaban sobre la pradera gris bajo un cielo gris. Las viviendas se distribuían caprichosamente por el duro terreno de la pradera; algunas tenían aspecto de haber sido colocadas allí durante la noche, y otras parecían alejarse por sí solas, dirigiéndose directamente a las llanuras abiertas. Ninguna daba la sensación de permanencia y el viento ululaba y soplaba tanto por debajo como por encima de ellas. La calle principal era una carretera de profundas roderas, ahora congeladas, que discurría desde la estación de ferrocarril, roja y achaparrada, y el elevador de grano del extremo norte de la población, hasta el aserradero y el abrevadero para caballos del extremo sur. A ambos lados de esta carretera se extendían sin orden ni concierto dos hileras de edificios de madera; los almacenes de abastos, los dos bancos, la botica, la tienda de ultramarinos,

19

la cantina y la estafeta de correos. Las aceras de tablas estaban grises por la nieve pisoteada, pero a las dos de la tarde, los tenderos, que habían vuelto ya de comer, se encontraban bien parapetados tras sus helados escaparates. Todos los niños estaban en la escuela y no había nadie en las calles, salvo unos cuantos campesinos de aspecto rudo, con gruesos abrigos y largas gorras que se calaban hasta la nariz. Algunos de ellos habían llevado a la mujer a la ciudad, y de vez en cuando un chal rojo o a cuadros aparecía fugazmente, pasando del abrigo de una tienda al de otra. Unos cuantos caballos, robustos, de labor, enganchados a carros, temblaban bajo las mantas, atados a los postes de la calle. En los alrededores de la estación todo estaba en silencio, pues no había de entrar ningún tren hasta la noche.

Frente a una de las tiendas, sentado en la acera, un niño sueco lloraba desconsoladamente. Tenía unos cinco años de edad. El abrigo negro que llevaba era demasiado grande y le hacía parecer un hombrecillo menudo. El traje de franela marrón se había encogido después de muchos lavados y dejaba al descubierto una amplia franja de calcetín entre el dobladillo y la parte superior de los burdos zapatos con puntera de cobre. La gorra le tapaba las orejas; tenía la nariz y los mofletes agrietados y rojos de frío. Lloraba en silencio, y las pocas personas que pasaban apresuradamente por su lado no le prestaban atención. El niño tenía miedo de parar a alguien, miedo de entrar en la tienda y pedir ayuda, así que seguía sentado, retorciéndose las largas mangas, alzando la vista hacia el poste de telégrafos que había junto a él, gimoteando: «¡Mi gatita, oh, mi gatita! ¡Se helará!». En lo alto del poste se acurrucaba una gatita gris y temblorosa, maullando débilmente y aferrándose desesperadamente a la madera con las uñas. Al niño lo había dejado en la tienda su hermana, mientras ella iba al consultorio del médico, y en su ausencia un perro había perseguido a su gatita hasta el poste. La pequeña criatura no había trepado nunca tan alto y estaba demasiado asustada para moverse. Su amo se había sumido en la desesperación. Era un niño pequeño del campo y aquel pueblo era para él un lugar muy extraño y desconcertante, donde la gente vestía ropa elegante y tenía duro el corazón. Siempre se sentía tímido y torpe allí, y quería ocultarse detrás de algo por miedo a que alguien se burlara de él. En aquel momento estaba demasiado triste para que le importase quién pudiera burlarse. Al fin pareció ver un rayo de esperanza: llegaba su hermana. Se levantó y corrió hacia ella con sus pesados zapatos.

Su hermana era una chica alta y fuerte, y caminaba con paso rápido y resuelto, como si supiera exactamente adónde iba y lo que tenía que hacer después. Llevaba un largo tabardo de hombre (no como si fuera una desgracia, sino como una prenda muy cómoda que le perteneciera, la llevaba como un joven soldado), y una gorra redonda de felpa atada al cuello con un grueso velo. Tenía un rostro serio y reflexivo, y sus ojos claros, de un azul intenso, fijaban la mirada en la distancia sin dar la impresión de ver nada, como perdida en sus pensamientos. No se fijó en su hermano hasta que él le tiró del tabardo. Entonces se detuvo inmediatamente y se agachó para secarle las lágrimas.

–¡Pero, Emil! Te había dicho que te quedaras en la tienda y que no salieras. ¿Qué te pasa?

–¡Mi gatita, hermana, mi gatita! Un hombre la ha echado y un perro la ha perseguido hasta que se ha subido ahí. –El dedo índice, asomando por la manga del abrigo, señaló a la pequeña y miserable criatura encaramada al poste.

–¡Oh, Emil! ¿No te había dicho que nos daría algún disgusto si la traías contigo? ¿Por qué me has insistido tanto? Claro que yo no debería haberte dejado. –Se acercó al poste y extendió los brazos, gritando–: Gatita, gatita, gatita –pero la gatita se limitó a maullar y a menear la cola débilmente. Alexandra se dio la vuelta con aire decidido–. No, no va a bajar. Alguien tendrá que subir a buscarla. He visto el carro de los Linstrum en el pueblo. Iré a ver si encuentro a Carl. Quizá él pueda hacer algo. Pero tú deja de llorar o no daré un solo paso. ¿Dónde tienes la bufanda? ¿Te la has dejado en la tienda? No importa. Quédate quieto, que te voy a poner esto.

Se desató el velo marrón de la cabeza y lo ató alrededor de la garganta de su hermano. Un hombre menudo y rechoncho que salía en aquel mismo momento de la tienda de camino a la cantina se detuvo y miró embobado la reluciente masa de cabellos que Alexandra había puesto al descubierto al quitarse el velo: dos gruesas trenzas sujetas en torno a la cabeza al estilo alemán, con un flequillo de rizos de color amarillo rojizo que escapaban a la gorra. El hombre se quitó el cigarro de la boca y sostuvo la punta húmeda entre los dedos enfundados en guantes de lana.

–¡Dios mío, muchacha, qué cabellera! –exclamó de un

modo del todo inocente y pueril. Ella lo fulminó con una mirada de fiera amazona y contrajo el labio inferior: severidad absolutamente innecesaria. El pequeño viajante de paños sufrió tal sobresalto que dejó caer el cigarro a la acera y se alejó con paso inseguro hacia la cantina y contra el viento. Su pulso seguía vacilando cuando cogió el vaso que le daba el barman. No era la primera vez que aplastaban sus débiles instintos de seducción, pero jamás lo habían hecho de manera tan despiadada. Se sentía degradado y maltratado, como si alguien se hubiera aprovechado de él. Cuando un viajante anda recorriendo pueblos pequeños y monótonos y se arrastra por aquel ventoso país en sucios vagones de fumadores, ¿puede culpársele de algo si, al tropezar casualmente con una hermosa criatura humana, desea de repente ser más hombre de lo que es?

Mientras el pequeño viajante bebía para darse ánimos, Alexandra iba corriendo a la botica* como el lugar más probable para encontrar a Carl Linstrum. Allí estaba, hojeando una carpeta de «estudios» en cromo que el boticario vendía a las mujeres de Hanover que pintaban porcelanas. Alexandra le explicó su apurada situación y el chico la siguió hasta la esquina donde Emil estaba sentado junto al poste.

–Tendré que subir a buscarla, Alexandra. Creo que en la estación podrán dejarme unas suelas de clavos para atármelas a los pies. Espera un momento. –Carl se metió las manos

---

* La palabra original en inglés, *drug store*, es de difícil traducción. Se refiere a un establecimiento donde se venden medicamentos, periódicos y todo tipo de artículos. Se ha traducido por botica en su acepción de tienda, principalmente de medicamentos, pero también de mercaderías varias. *[Salvo que se indique lo contrario, tanto esta nota como las siguientes son de la traductora.]*

en los bolsillos, bajó la cabeza y corrió calle arriba en contra del viento del norte. Era un chico alto, de quince años, delgado y de pecho flaco. Cuando volvió con las suelas de clavos, Alexandra le preguntó qué había hecho con su abrigo.

–Me lo he dejado en la botica. De todas formas no podía trepar con él puesto. Cógeme si me caigo, Emil –dijo, al iniciar la ascensión. Alexandra lo observó con inquietud; el frío era ya intenso a ras de suelo. La gatita no quería moverse ni un centímetro. Carl tuvo que trepar hasta lo más alto del poste, y luego le costó un poco que la gatita se soltara. Cuando llegó al suelo, entregó el gato a su lloroso dueño–. Ahora métete en la tienda con ella, Emil, y calentaos. –Abrió la puerta para que entrara el niño–. Espera un momento, Alexandra. ¿Por qué no llevo yo el carro, al menos hasta mi casa? Cada vez hace más frío. ¿Has visto al médico?

–Sí, vendrá a casa mañana. Pero dice que padre no mejorará, que no se pondrá bien. –A la chica le temblaba el labio. Miraba fijamente la calle desolada como si se armara de valor para enfrentarse con algo, como si pusiera todo su empeño en comprender una situación que, por dolorosa que fuera, debía afrontarse y resolverse de alguna manera. El viento azotaba los faldones de su grueso abrigo.

Carl no dijo nada, pero ella notó su comprensión. También él se sentía solo. Era un chico delgado, frágil, de negros ojos pensativos y movimientos pausados. Su fino rostro tenía una suave palidez, y su boca era demasiado delicada para un muchacho. Los labios apuntaban ya un rictus de amargura y escepticismo. Los dos amigos se quedaron un

rato en la esquina barrida por el viento sin decir una palabra, como dos viajeros perdidos se detienen algunas veces y
admiten su perplejidad en silencio. Cuando Carl se dio la
vuelta, dijo:

–Me ocuparé de tus caballos.

Alexandra entró en la tienda para que le empaquetaran
las compras en cajas de huevos y para calentarse un poco
antes de emprender el largo y frío camino de regreso.

Cuando buscó a Emil, lo encontró sentado en un peldaño de la escalera que conducía al departamento de tejidos y
alfombras. Estaba jugando con una niña bohemia, Marie
Tovesky, que ataba su pañuelo alrededor de la cabeza de la
gatita para que le hiciera de sombrero. Marie no era de la
zona, había venido de Omaha con su madre para visitar a su
tío, Joe Tovesky. Era una niña morena, con bucles castaños
como los de una muñeca, la boca pequeña, de labios rojos y
seductores, y redondos ojos marrones. Todo el mundo se
fijaba en sus ojos; los iris marrones tenían destellos dorados
que les daban el aspecto de pepitas de oro, o bien, bajo una
luz tenue, de un mineral de Colorado conocido como ojo
de tigre.

Las niñas de los alrededores llevaban vestidos que les llegaban hasta los zapatos, pero aquella niña de ciudad seguía
el estilo «Kate Greenaway»*, y su rojo vestido de cachemira,
fruncido desde el canesú, rozaba el suelo. Esto, unido al
sombrero de ala ancha que le rodeaba la cara, le daba la

---

* Kate Greenaway (1846-1901). Autora e ilustradora inglesa de libros infantiles,
muy popular en su época. En sus ilustraciones utiliza libremente el estilo Regencia,
es decir, de principios del siglo XIX.

apariencia de una extraña mujercita. Llevaba también un cuello de piel y no puso reparos cuando Emil lo tocó, lleno de admiración. Alexandra no tuvo valor para separarlo de una compañera de juegos tan bonita y los dejó juntos, haciendo rabiar a la gata, hasta que Joe Tovesky entró ruidosamente, cogió a su pequeña sobrina y se la sentó en el hombro para que todos la vieran. Él sólo tenía hijos varones y adoraba a aquella pequeña criatura. Sus amigos se juntaron alrededor de él para admirar y bromear con la niña, que se tomó sus bromas de muy buen talante. Todos estaban encantados con ella, pues raras veces veían a una niña tan bonita y bien educada. Le dijeron que tenía que elegir novio entre ellos, y todos se ofrecían, intentando sobornarla con caramelos, cochinillos y terneros pintados. Ella miró maliciosamente los rostros grandes, curtidos y bigotudos, que olían a licor y a tabaco, luego pasó su diminuto índice delicadamente por el mentón hirsuto de Joe y dijo:

–Éste es mi novio.

Los bohemios estallaron en carcajadas y el tío de Marie la abrazó tan fuerte que gritó:

–¡Por favor, tío Joe! Me haces daño.

Todos los amigos de Joe le dieron una bolsa de caramelos y ella los besó a todos, aunque no le gustaban mucho los caramelos que tenían en el campo. Tal vez por eso se acordó de Emil.

–Bájame, tío Joe –pidió–. Quiero darle unos caramelos a ese niño tan simpático que he conocido. –Se acercó a Emil caminando graciosamente seguida por sus ávidos admiradores, que formaron un nuevo círculo y tomaron el pelo al niño hasta que acabó escondiendo la cara entre las faldas de su hermana y ella tuvo que reñirlo por portarse como un bebé.

Los granjeros se disponían a regresar a casa. Las mujeres comprobaban las provisiones que habían comprado y se anudaban los grandes chales rojos a la cabeza. Los hombres compraban tabaco y caramelos con el dinero sobrante, se enseñaban unos a otros botas, guantes y camisas azules de franela, todo nuevo. Tres fornidos bohemios bebían alcohol puro coloreado con aceite de canela. Se decía que lo protegía a uno eficazmente contra el frío. Ellos se relamían los labios después de cada trago de la petaca. Con su locuacidad ahogaban los demás ruidos y en la tienda caldeada resonaba su vehemente lenguaje igual que apestaba a humo de pipa, paños de lana húmedos y queroseno.

Entró Carl con el abrigo puesto y una caja de madera con un asa de latón.

–Vamos –dijo–, ya he dado de comer y de beber a tus caballos y el carro está listo. –Salió con Emil y lo metió entre la paja del carro. El calor había adormilado al niño, pero seguía aferrado a su gatita.

–Has sido muy bueno por trepar tan alto para bajar a mi gatita, Carl. Cuando sea mayor, yo también treparé a coger las gatitas de los niños –murmuró, somnoliento. Antes de que los caballos hubieran dejado atrás la primera colina, Emil y su gata estaban profundamente dormidos.

Aunque sólo eran las cuatro de la tarde, oscurecía rápidamente en aquel día invernal. La carretera se dirigía hacia el sudoeste, hacia la franja de luz pálida y deslavazada que brillaba en el cielo plomizo. La luz iluminaba los dos rostros jóvenes y tristes, mudos, vueltos hacia ella: iluminaba los ojos de la chica, que parecía contemplar el futuro con angustiada perplejidad; y los ojos apagados del chico, que parecían mirar ya hacia el pasado. La pequeña ciudad se había desvanecido a sus espaldas como si nunca hubiera existido, se había hundido tras la ondulación de la pradera, y el duro paisaje helado los recibía en su seno. Las granjas eran pocas y muy separadas; aquí y allá, la desolada silueta de un molino recortada en el cielo; una casa de adobe acurrucada en una depresión del terreno. Pero el gran acontecimiento era la tierra en sí, que parecía anegar los pequeños y esforzados indicios de sociedad humana en sus sombrías extensiones. Enfrentándose con aquella inmensa dureza se había vuelto tan amarga la boca del muchacho; porque sentía que los hombres eran demasiado débiles para dejar su huella allí, que la tierra quería que la dejaran tranquila, quería conservar su implacable fortaleza, su belleza de una índole salvaje y peculiar, su melancolía sin interrupciones.

El carro avanzaba por la carretera helada dando sacudidas. Los dos amigos tenían menos que decirse que de costumbre, como si el frío hubiera conseguido traspasarles el corazón.

–¿Han ido hoy Oscar y Lou a buscar leña al Blue*? –preguntó Carl.

–Sí. Casi me arrepiento de haberles dejado ir, con el frío

---

* Se refiere al Little Blue River.

que está haciendo. Pero madre se inquieta cuando nos queda poca leña. –Se interrumpió y se llevó la mano a la frente para echarse el flequillo hacia atrás–. No sé qué va a ser de nosotros, Carl, si padre muere. No me atrevo ni a pensarlo. Ojalá pudiéramos irnos todos con él y dejar que la hierba vuelva a llenarlo todo.

Carl no replicó. Justo delante de ellos apareció el cementerio noruego, donde, en verdad la hierba lo había cubierto todo, roja y enmarañada, ocultando incluso la alambrada. Carl comprendió que, como compañero, no resultaba de gran ayuda, pero no había nada que decir.

–Desde luego –prosiguió Alexandra, con la voz algo más firme–, los chicos son fuertes y trabajan mucho, pero siempre han dependido tanto de padre que no sé cómo vamos a salir adelante. Me siento casi como si no hubiera nada por lo que mereciera la pena continuar.

–¿Lo sabe tu padre?

–Sí, creo que lo sabe. Miente y se pasa el día contando con los dedos. Creo que intenta calcular lo que nos deja. Para él es un consuelo que mis gallinas sigan poniendo con el frío y aporten algo de dinero. Ojalá consiguiéramos que dejara de pensar en esas cosas, pero ahora no tengo mucho tiempo para estar con él.

–¿Crees que le gustaría que fuera a tu casa con mi linterna mágica alguna noche?

Alexandra volvió el rostro hacia él.

–¡Oh, Carl! ¿La tienes?

–Sí, está ahí atrás, entre la paja. ¿No te has fijado en que llevaba una caja? He estado toda la mañana probándola en el sótano de la botica y funciona perfectamente, con unas imágenes magníficas y grandes.

–¿De qué son?

–Oh, escenas de caza en Alemania, y Robinson Crusoe y unas graciosas imágenes de caníbales. Voy a pintar también unos dibujos de un libro de Hans Andersen en cristal.

Alexandra pareció animarse. A menudo, las personas que han tenido que hacerse adultas demasiado pronto guardan mucho de la niñez en su interior.

–Sí, tráela, Carl. Estoy impaciente por verla y estoy segura de que a padre le gustará. ¿Son en color las imágenes? Entonces seguro que le gustan. Le gustan los calendarios que le traigo del pueblo. Ojalá encontrara alguno más. Has de dejarme aquí, ¿verdad? Ha sido agradable tener compañía.

Carl detuvo a los caballos y observó el cielo negro con desconfianza.

–Está bastante oscuro. Desde luego los caballos te llevarán a casa, pero creo que será mejor que te encienda el farol por si lo necesitas.

Entregó las riendas a Alexandra y se subió a la parte de atrás del carro, donde se acuclilló e improvisó una tienda con su abrigo. Tras una docena de intentos, consiguió encender el farol, que colocó delante de Alexandra, cubriéndolo a medias con una manta para que la luz no le diera en los ojos.

–Ahora espera a que encuentre mi caja. Sí, aquí está. Buenas noches, Alexandra. Intenta no preocuparte tanto. –Carl saltó al suelo y corrió a campo traviesa hacia la casa de los

Linstrum–. ¡Ho, ho, hooo! –gritó, antes de desaparecer por la cresta de una colina y bajar por un barranco arenoso. El viento le respondió como un eco, «¡Ho, ho, hoo!». Alexandra siguió conduciendo sola. El traqueteo del carro se perdía en medio del ulular del viento, pero el farol, que sostenía firmemente entre los pies, era un punto de luz que avanzaba a lo largo de la carretera, adentrándose más y más en la oscura campiña.

II

En una de las colinas de aquella inmensidad invernal se
hallaba la casa baja de troncos en la que John Bergson yacía
moribundo. La casa de los Bergson era más fácil de encontrar que muchas otras, porque desde ella se dominaba el
Norway Creek, un arroyo de aguas enfangadas y poco profundas que unas veces fluían y otras se quedaban estancadas
en los meandros del fondo de una quebrada de paredes
abruptas, dispuestas en terrazas cubiertas de maleza, álamos
de Virginia y fresnos enanos. El arroyo daba una suerte de
identidad a las granjas que lo bordeaban. De todas las cosas
desconcertantes de aquel nuevo país, la ausencia de referen-
cias humanas era la más deprimente y desalentadora. Las
casas del Divide* eran pequeñas y solían emplazarse en lugares bajos; no se veían hasta que se llegaba a ellas. La mayoría
se habían construido de la tierra misma y eran tan sólo esa

---

* Cuando Willa Cather llegó a Nebraska, se estableció cerca de la zona conocida
entonces como *the Divide*. Literalmente, *divide* significa «línea divisoria de aguas», y
lo es, en efecto, pues se refiere a la zona comprendida entre el Republican River, al
sur, y el Little Blue River, al norte. Se ha respetado el nombre en inglés, dado que
sigue utilizándose hoy en día para denominar esa zona en concreto.

tierra inevitable con otra forma. Las carreteras no eran más que trazos débiles en la hierba y los campos apenas se notaban. Las señales del arado eran insignificantes, como los leves arañazos que dejaban en piedra las razas prehistóricas, tan indefinidos que incluso podrían no ser más que las marcas de los glaciares en lugar del testimonio del empeño humano.

En once largos años, John Bergson no había dejado más que una leve huella en la tierra salvaje que pretendía domeñar. La tierra seguía siendo salvaje, con sus arranques de malhumor que nadie sabía cuándo se producirían, ni por qué. La desgracia se cernía sobre ella. Su genio no era amigo de los hombres. El moribundo así lo sentía mientras miraba por la ventana desde la cama, después de que se fuera el médico, el día siguiente a la visita de Alexandra al pueblo. Allí estaba, al otro lado de su puerta, la misma tierra, la misma extensión de color plomizo. Conocía cada colina y cañada, y cada barranco que lo separaban del horizonte. Al sur, los campos arados; al este, los establos hechos de tierra, el corral para el ganado, el estanque, y luego, la hierba.

Bergson repasó mentalmente todos sus infortunios. Un invierno, el ganado había perecido a causa de una ventisca. Al verano siguiente, uno de sus caballos de labor se había roto una pata al meterla en la madriguera de un perro de las praderas y había tenido que matarlo de un tiro. Otro verano, el cólera se había llevado a todos sus cerdos y un valioso semental había muerto por la mordedura de una serpiente de cascabel. Una y otra vez, las cosechas se habían arruinado. Había perdido dos hijos, chicos los dos, nacidos entre Lou y Emil, con los gastos que conllevaban la enfermedad y la muerte. Ahora, cuando por fin había saldado sus deudas con grandes trabajos, también él iba a morir. Sólo tenía cuarenta y seis años y, por supuesto, había contado con vivir más tiempo.

Bergson se había pasado los cinco primeros años en aquella tierra metiéndose en deudas, y los últimos seis, saldándolas. Había pagado sus hipotecas y había acabado más o menos como al principio, con la tierra. Era dueño exactamente de doscientas sesenta hectáreas de lo que había al otro lado de su puerta; su granja y su concesión maderera, que cubrían ciento treinta hectáreas, y las ciento treinta hectáreas contiguas, la antigua granja de un hermano más joven que había abandonado la lucha y había vuelto a Chicago para trabajar en una pastelería y destacar en un club sueco de atletismo. Hasta entonces John no había intentado cultivar esa mitad de sus tierras, sino que le servían como pastos, y uno de sus hijos llevaba allí al ganado cuando hacía buen tiempo.

John Bergson se había traído del Viejo Mundo la creencia de que la tierra es deseable por sí misma. Pero aquella tierra era un enigma. Era como un caballo que nadie sabe cómo domar, que corre desbocado y lo destroza todo a coces. Tenía la idea de que nadie sabía cómo cultivarla correctamente, y lo comentaba a menudo con Alexandra. Desde luego, sus vecinos sabían menos aún que él sobre el cultivo de la tierra. Muchos de ellos no habían trabajado jamás en el campo hasta hacerse cargo de sus granjas. En sus países de origen eran *handwerkers*: sastres, cerrajeros, carpinteros de obra, cigarreros, etc. El propio Bergson había trabajado en un astillero.

John Bergson había pensado en todas estas cosas durante semanas. Su cama estaba en la sala de estar, junto a la cocina. De día, mientras se cocinaba, se lavaba y se planchaba, el padre yacía con la vista fija en las vigas del techo que él mismo había cortado o en el corral del ganado. Contaba las cabezas una y otra vez. Le distraía especular sobre el peso que seguramente ganarían los novillos desde entonces hasta la primavera. A menudo llamaba a su hija para hablarle de ello. Alexandra había empezado a ayudarle antes de cumplir los doce años y, a medida que se había hecho mayor, su padre había dependido cada vez más de sus recursos y su discernimiento. Sus hijos trabajaban de buen grado, pero solían irritarle cuando hablaba con ellos. Era Alexandra la que leía los periódicos y seguía los mercados, y la que aprendía de los errores de sus vecinos. Era Alexandra la que sabía siempre cuánto había costado engordar cada novillo, y la que adivinaba el peso de un cerdo antes de que lo pusieran en la balanza con mayor precisión que el propio John Bergson. Lou y Oscar eran muy trabajadores, pero jamás había logrado enseñarles a usar la cabeza para trabajar.

Alexandra, se decía su padre a menudo, se parecía a su abuelo, que era la manera que tenía él de decir que era inteligente. El padre de John Bergson era un constructor naval, un hombre de fuerte personalidad y cierta fortuna. En sus últimos años se había casado por segunda vez con una mujer de Estocolmo de carácter cuestionable y mucho más joven que él, que le incitó a toda clase de extravagancias. Por parte del constructor naval, aquel matrimonio fue un encaprichamiento, la desesperada insensatez de un hombre poderoso que no soporta envejecer. En unos cuantos años, la esposa carente de escrúpulos torció la probidad de toda una vida. Él especuló, perdió su fortuna y los fondos que le habían confiado pobres marineros, y murió deshonrado, dejando a sus hijos sin nada. Pero, dicho esto, también había empezado en el mar, había levantado un pequeño y orgulloso negocio sin otro capital más que su propia habilidad y su previsión, y había demostrado ser todo un hombre. En su hija, John Bergson reconocía la fuerza de voluntad y el modo sencillo y directo de planear las cosas que había caracterizado a su padre en sus mejores tiempos. Claro está que habría preferido ver aquel parecido en uno de sus hijos varones, pero no era cosa que se pudiera elegir. Mientras yacía postrado día tras día, tuvo que aceptar la situación tal como era, y dar gracias de que hubiera uno entre sus hijos a quien poder confiar el futuro de la familia y las posibilidades de la tierra duramente ganada.

El crepúsculo invernal se desvanecía. El enfermo oyó a su mujer encender una cerilla en la cocina y la luz de una lámpara brilló a través de las rendijas de la puerta. Le pareció un luz muy lejana. Se dio la vuelta en la cama con gran dificultad y se miró las manos blancas de las que había desaparecido todo el vigor. Sintió que estaba listo para abandonarlo todo. No sabía cómo había ocurrido, pero estaba totalmente dispuesto a descansar bajo sus campos, allá donde el arado no pudiera alcanzarlo. Estaba cansado de cometer errores. Se alegraba de dejar la maraña en otras manos; pensó en las manos fuertes de Alexandra.

–*Dotter*–llamó con voz débil–, *dotter!* –Oyó sus pasos rápidos y vio su alta figura aparecer en el umbral de la puerta, con la luz de la lámpara detrás. Advirtió su juventud y su fuerza, la facilidad con que se movía y se agachaba y se incorporaba. Pero no habría querido tener aquella juventud otra vez, aunque hubiera podido, ¡desde luego que no! Conocía demasiado bien el final para desear empezar de nuevo. Sabía adónde iba a parar, dónde terminaba todo.

Su hija se acercó y le ayudó a incorporarse sobre las almohadas. Lo llamó por un antiguo nombre sueco, que solía usar cuando era pequeña y le llevaba la comida al astillero.

–Diles a los chicos que vengan, hija. Quiero hablar con ellos.

–Están dando de comer a los caballos, padre. Acaban de volver del Blue. ¿Voy a llamarlos?

El padre suspiró.

–No, no. Espera a que entren en casa. Alexandra, tendrás que hacer cuanto puedas por tus hermanos. Tendrás que ocuparte de todo.

–Haré todo lo que pueda, padre.

–No dejes que se desanimen y se vayan como el tío Otto. Quiero que conserven la tierra.

–La conservaremos, padre. Nunca perderemos la tierra.

Se oyeron fuertes pisadas en la cocina. Alexandra se acercó a la puerta e hizo señas a sus hermanos, dos chicos fornidos de diecisiete y diecinueve años de edad. Entraron y se quedaron a los pies de la cama. Su padre los miró inquisitivamente, aunque estaba demasiado oscuro para verles las caras; seguían siendo los chicos de siempre, pensó, no se había equivocado con ellos. La cabeza cuadrada y los hombros fuertes eran de Oscar, el mayor. El menor era más ágil, pero indeciso.

–Muchachos –dijo el padre con voz cansada–, quiero que conservéis las tierras unidas y que os dejéis guiar por vuestra hermana. He hablado con ella desde que me puse enfermo, y sabe cuáles son mis deseos. Lo hará lo mejor posible. Aunque cometa errores, no serán tantos como los que he cometido yo. Cuando os caséis y queráis tener casa propia, la tierra se dividirá equitativamente, según la ley. Pero los próximos años van a ser difíciles y debéis manteneros unidos. Alexandra pondrá todo de su parte.

Oscar, que solía ser el último en hablar, contestó porque era el mayor:

–Sí, padre. Habría sido así de todas formas, aunque no lo dijeras. Trabajaremos todos juntos.

–¿Y os dejaréis guiar por vuestra hermana y seréis buenos hermanos para ella y buenos hijos para vuestra madre? Eso está bien. Y Alexandra no debe volver a trabajar en los campos. Ahora ya no es necesario. Contratad a un peón cuando preciséis ayuda. Ella ganará mucho más dinero con sus huevos y su mantequilla de lo que cuesta el salario de un hombre. Una de mis equivocaciones fue no descubrirlo antes. Intentad roturar un poco más de tierra cada año; los campos de maíz son buenos para forraje. No dejéis de labrar las tierras y plantad siempre más heno del que necesitéis. No escatiméis a vuestra madre algún que otro rato para ararle el huerto y plantar árboles frutales, aunque sea en medio de la temporada de trabajo. Ha sido una buena madre para vosotros y siempre ha echado de menos nuestro viejo país.

Cuando volvieron a la cocina, los muchachos se sentaron a la mesa en silencio. En toda la comida no apartaron la vista del plato ni alzaron los ojos llorosos. No comieron mucho, aunque se habían pasado todo el día trabajando a la intemperie y había conejo estofado con salsa y pasteles de ciruelas pasas para cenar.

John Bergson se había casado con una mujer de condición social inferior a la suya, pero había conseguido una buena ama de casa. La señora Bergson era una mujer de piel clara, corpulenta, robusta y plácida como su hijo Oscar, pero había en ella algo que despedía comodidad; tal vez fuera su propia pasión por la comodidad. Durante once años se había esforzado de manera encomiable por mantener una semblanza de orden en el hogar, en circunstancias que hacían muy difícil el orden. La señora Bergson era una persona de hábitos arraigados, y sus infatigables esfuerzos por repetir la rutina de su antigua vida en un nuevo entorno habían contribuido en gran medida a evitar la desintegración moral de la familia y los modales descuidados. Los Bergson tenían una casa de troncos, por ejemplo, sólo porque la señora Bergson no quería vivir en una casa de tierra. Echaba de menos la dieta de pescado de su país, y dos veces por verano enviaba a los chicos al río, treinta kilómetros en dirección sur, para pescar bagres. Cuando los niños eran pequeños, los metía a todos en el carro, con el bebé en la cuna, y se iba a pescar ella.

Alexandra decía a menudo que, si su madre fuera a parar a una isla desierta, daría gracias a Dios por haberla salvado, plantaría un huerto y encontraría algo que poner en conserva. Las conservas eran casi una manía para la señora Bergson. Con toda su corpulencia, recorría las orillas cubiertas de maleza del arroyo Norway buscando labruscas y ciruelas, como una criatura salvaje rastreando una presa. Hacía una especie de mermelada amarilla de los insípidos tomatillos que crecían en la pradera, y le daba sabor con peladuras de limón, y hacía una conserva pegajosa y oscura con tomates de la huerta. Había experimentado incluso con las apestosas vezas, y no podía ver un bonito puñado de color bronce sin menear la cabeza y murmurar: «¡Qué lástima!». Cuando no quedó nada con lo que hacer conservas, empezó con los encurtidos. La cantidad de azúcar que utilizaba para estos procesos suponía en ocasiones un grave quebranto para los recursos de la familia. Era una buena madre, pero se alegraba cuando sus hijos alcanzaban la edad en que ya no la molestaban en la cocina. Jamás había llegado a perdonar del todo a John Bergson por llevarla a los confines del mundo, pero, una vez allí, quería que le dejaran reconstruir su vida anterior en paz, dentro de lo posible. Aún hallaba consuelo en el mundo si tenía tocino en la despensa, tarros de cristal en los estantes y sábanas en el armario ropero. Desaprobaba a todos sus vecinos por la dejadez de sus casas, y las mujeres pensaban que era una engreída. En

una ocasión, la señora Bergson, de camino a Norway
Creek, se detuvo a visitar a la vieja señora Lee, y la anciana
se ocultó en el pajar «por miedo a que la señora Bergson
la pillara descalza».

III

Un domingo por la tarde, en julio, seis meses después de la muerte de John Bergson, Carl estaba sentado en la puerta de la cocina de los Linstrum, soñando ante las páginas de un periódico ilustrado, cuando oyó el traqueteo de un carro por la carretera de la colina. Al levantar los ojos, reconoció el tiro de caballos de los Bergson y vio dos asientos en el carro, lo que significaba que la suya era una excursión de placer. Oscar y Lou, en el asiento de delante, llevaban los sombreros de fieltro y los abrigos de los domingos, y Emil, en el asiento de atrás, con Alexandra, lucía orgullosamente sus pantalones nuevos, confeccionados con unos de su padre, y una camisa a rayas de color rosa con un amplio cuello de volantes. Oscar detuvo los caballos y agitó la mano, saludando a Carl, que cogió su sombrero y atravesó el melonar corriendo para unirse a ellos.

–¿Quieres venir con nosotros? –preguntó Lou–. Vamos a casa del loco Ivar para comprar una hamaca.

–Claro. –Carl llegó corriendo y jadeando y se encaramó a la parte de atrás para sentarse junto a Emil–. Siempre he querido ver el estanque de Ivar. Dicen que es el más grande de toda la región. ¿No te da miedo ir a ver a Ivar con esa camisa nueva, Emil? A lo mejor le gusta y te la arranca del cuerpo.

Emil sonrió.

–Me daría mucho miedo –admitió–, si vosotros los chicos mayores no estuvierais conmigo para protegerme. ¿Le has oído aullar alguna vez, Carl? La gente dice que a veces va por ahí corriendo y aullando de noche, porque tiene miedo de que el Señor lo aniquile. Madre piensa que debe de haber hecho algo muy malo.

Lou miró hacia atrás y guiñó un ojo a Carl.

–¿Qué harías tú, Emil, si estuvieras solo en medio de la pradera y lo vieras llegar?

Emil abrió unos ojos como platos.

–A lo mejor podría esconderme en la madriguera de un tejón –sugirió sin mucho convencimiento.

–Pero imagina que no hubiera ninguna madriguera de tejón –insistió Lou–. ¿Echarías a correr?

–No, tendría demasiado miedo para correr –admitió Emil con pesar, retorciéndose los dedos–. Creo que me sentaría en el suelo y me pondría a rezar.

Los chicos mayores rieron y Oscar hizo restallar el látigo sobre los anchos lomos de los caballos.

–No te haría ningún daño, Emil –dijo Carl persuasivamente–. Vino a curar a nuestra yegua, que comió maíz verde y se hinchó tanto que parecía el depósito de agua. La mimó igual que tú a tus gatos. No entendí casi nada de lo que dijo, porque no habla inglés, pero vi que no dejaba de darle palmaditas y de gemir como si le doliera a él, ni de decir: «¡Eso es, hermanita, así está mejor!».

Lou y Oscar rieron, y Emil soltó una risita de deleite mirando a su hermana.

–No creo que sepa curar caballos –dijo Oscar despectivamente–. Dicen que cuando un caballo tiene moquillo, se toma la medicina él mismo y luego reza junto al animal.

–Eso es lo que dicen los Crow –apostilló Alexandra–, pero lo cierto es que él les curó los caballos. Algunos días tiene la cabeza un poco espesa. Pero si lo pillas en un día despejado, puedes aprender mucho de él. Entiende a los animales. ¿No vi yo acaso cómo quitaba el cuerno a la vaca de los Berquist cuando le quedó suelto y se volvió loca? Iba de un lado a otro arremetiendo contra todo y dándose de topetazos. Y finalmente echó a correr por el tejado de la vieja choza y lo atravesó con las patas y se quedó allí encallada, berreando. Ivar llegó corriendo con su bolsa blanca, y en cuanto se acercó a ella, la vaca se tranquilizó y dejó que le acabara de arrancar el cuerno y que le untara el agujero con brea.

Emil no había dejado de observar a su hermana y su rostro reflejaba los sufrimientos de la vaca.

–¿Y ya no le dolió más? –preguntó.

–No, ya no –dijo Alexandra, dándole unas palmadas–. Y al cabo de dos días ya volvía a dar leche.

La carretera que conducía a la casa de Ivar era muy mala. Se había establecido en las tierras agrestes de la línea fronteriza del condado, en las que no vivía nadie más que unos cuantos rusos: media docena de familias que ocupaban una misma casa de troncos, como en un cuartel. Ivar había justificado su elección diciendo que, a menos vecinos, menos tentaciones. Aun así, teniendo en cuenta que su actividad principal consistía en curar caballos, no parecía muy buena idea irse a vivir al lugar más inaccesible que había podido encontrar. El carro de los Bergson avanzaba dando bandazos por escarpados montículos y taludes de hierba, seguía el fondo de cañadas sinuosas o bordeaba las márgenes de amplias lagunas, en cuyas aguas crecían los dorados coreopsis y de las que levantaban el vuelo los patos salvajes, batiendo las alas ruidosamente.

Lou los contempló sin poder hacer nada.

–Ojalá me hubiera traído el rifle, Alexandra –dijo con tono quejoso–. Podría haberlo ocultado bajo la paja del carro.

–Entonces habríamos tenido que mentir a Ivar. Además, dicen que huele los pájaros muertos. Y si se hubiera enterado, no habríamos conseguido nada de él, ni siquiera una hamaca. Quiero hablar con él, y cuando se enfada no está en sus cabales. No hace más que decir tonterías.

–¡Y quién le ha oído hablar con sensatez! –dijo Lou despectivamente–. Yo preferiría unos patos para la cena que la lengua del loco Ivar.

Emil se alarmó.

–¡Oh, pero, Lou, no hagas que se enfurezca! ¡Podría aullar!

Todos volvieron a reír y Oscar azuzó a los caballos para superar la resbaladiza pendiente de un talud de arcilla. Habían dejado atrás las lagunas y la hierba roja. En las tierras del loco Ivar la hierba era corta y gris y las cañadas más profundas que en la zona de los Bergson, y el terreno era accidentado, lleno de montículos y colinas arcillosas. Las flores silvestres desaparecieron, y sólo en el fondo de cañadas y barrancos crecían algunas de las más duras y resistentes: bignonias, rompezaragüelles y euforbias.

—¡Mira, mira, Emil, ahí está el gran estanque de Ivar! —Alexandra señaló la reluciente superficie que yacía en el fondo de una cañada poco profunda. En un extremo del estanque había un dique de tierra cubierto de sauces enanos, y arriba, incrustadas en la pendiente, una puerta y una ventana, que nadie vería de no ser por el reflejo del sol en el cristal dividido en cuarterones de la ventana. Y eso era todo lo que se veía. Nada de cobertizo, ni corral, ni pozo; ni siquiera un camino por entre la hierba crespa. De no ser por el oxidado conducto de la estufa que sobresalía de la tierra, cualquiera habría pasado por encima del tejado de la morada de Ivar sin soñar siquiera que hubiera cerca una vivienda humana. Ivar llevaba tres años viviendo en la pendiente arcillosa sin haber erosionado la faz de la naturaleza más que el coyote que había vivido allí antes que él.

Cuando los Bergson llegaron a la casa de Ivar, lo encontraron sentado a la puerta, leyendo la Biblia noruega. Era un hombre viejo y de extraña figura, con un cuerpo grueso y fuerte que soportaban sus piernas cortas y arqueadas. Los cabellos blancos y enmarañados rodeaban como una espesa melena las mejillas rubicundas, haciéndole parecer mayor de lo que era. Iba descalzo, pero llevaba una camisa limpia de algodón crudo, con el cuello abierto. Se ponía una camisa limpia todas las mañanas de domingo, aunque no iba nunca a la iglesia. Profesaba una peculiar religión propia y no aceptaba denominaciones. A menudo no veía a nadie en absoluto desde un fin de semana al siguiente. Tenía un calendario, y cada mañana marcaba el nuevo día, de modo que jamás dudaba del día de la semana en que estaba. Ivar trabajaba por cuenta ajena durante la época de la trilla y también quitando las farfollas al maíz, y curaba animales enfermos cuando acudían a pedirle ayuda. Cuando estaba en casa, hacía hamacas de cáñamo y se aprendía capítulos de la Biblia de memoria.

Ivar vivía satisfecho en la soledad que él mismo se había buscado. No le gustaban los desperdicios de las viviendas humanas: los restos de comida, los trozos de porcelana rota, las viejas tinas metálicas para hervir la ropa, las teteras que se arrojaban al campo de girasoles. Prefería la limpieza y la pulcritud de la tierra salvaje. Decía siempre que los tejones tenían casas más limpias que las personas y que, cuando contratara un ama de llaves, se llamaría señora Badger*. Cuando mejor expresaba su predilección por su solitaria morada era al decir que allí la Biblia le parecía más auténtica. Si se detenía uno en el umbral de su cueva y contemplaba el terreno áspero, el cielo sonriente, la hierba rizada y blanca bajo los cálidos rayos del sol; si escuchaba uno el extasiado canto de la alondra, el golpeteo de la codorniz, el chirriar de la langosta en el inmenso silencio, comprendía uno lo que Ivar quería decir.

Aquel domingo por la tarde, su rostro resplandecía de

---

* *Badger* significa tejón en inglés.

felicidad. Cerró el libro sobre la rodilla, señalando la página con su dedo calloso, y repitió en voz baja:

> De los manantiales sacas los ríos
> para que fluyan entre los montes;
> en ellos beben las fieras de los campos,
> el asno salvaje apaga su sed;
> Se llenan de savia los árboles del Señor,
> los cedros del Líbano que Él plantó:
> allí anidan los pájaros,
> en su cima pone casa la cigüeña.
> Los riscos son para las cabras,
> las peñas son madriguera de erizos*.

Antes de abrir de nuevo la Biblia, Ivar oyó que se acercaba el carro de los Bergson, se levantó de un salto y corrió hacia él.

–¡Armas no, armas no! –gritó, agitando las manos como un poseso.

–No, Ivar, armas no –le gritó Alexandra con tono tranquilizador.

Ivar dejó caer los brazos y se acercó al carro sonriendo amistosamente y mirándolos a todos con sus claros ojos azules.

–Queremos comprar una hamaca, si tienes –explicó Alexandra–, y éste, que es mi hermano pequeño, quiere ver tu gran estanque al que acuden tantos pájaros.

---

* La cita corresponde al Salmo 103: «Himno al Dios Creador».

Ivar sonrió como un tonto y empezó a frotarles el hocico a los caballos y a palparles la boca por detrás del freno.

–No hay muchos pájaros ahora. Unos cuantos patos esta mañana y algunas agachadizas que han venido a beber. Pero la semana pasada vino una grulla. Pasó la noche aquí y volvió a la noche siguiente. No sé por qué. Claro que ahora no es la estación. Muchos vienen en otoño. Entonces el estanque se llena de voces extrañas todas las noches.

Alexandra tradujo sus palabras a Carl, que la escuchó con aire pensativo.

–Alexandra, pregúntale si es cierto que una vez vino una gaviota. Lo he oído decir.

Alexandra tuvo dificultades para hacerse entender por el viejo.

Ivar pareció desconcertado al principio, luego consiguió recordar y dio una palmada.

–¡Ah, sí, sí! Un gran pájaro blanco de alas grandes y pies de color rosa. ¡Caramba, qué voz tenía! Vino por la tarde y estuvo volando alrededor del estanque y chillando hasta el anochecer. Tenía algún problema, pero no la pude entender. Tal vez quería cruzar al otro océano y no sabía a qué distancia estaba. Tenía miedo de no llegar nunca. Su voz era más lastimera que la de los pájaros de por aquí; chillaba en medio de la noche. Vio la luz de mi ventana y se precipitó contra ella. Quizá pensó que mi casa era un barco; era una criatura alocada. A la mañana siguiente, cuando salió el sol, fui a llevarle comida, pero se elevó por los aires y siguió su camino. –Ivar se pasó la mano por los espesos cabellos–. Muchos pájaros extraños se paran aquí. Vienen de muy lejos y me hacen mucha compañía. Espero, muchachos, que vosotros no disparéis nunca a las aves salvajes.

Lou y Oscar sonrieron e Ivar meneó la poblada cabeza.

—Sí, ya sé que los muchachos no tienen consideración. Pero esas criaturas salvajes son los pájaros de Dios. Él los cuida y los cuenta, igual que hacemos nosotros con el ganado; lo dice Cristo en el Nuevo Testamento.

—Bueno, Ivar —dijo Lou—, ¿podemos abrevar a nuestros caballos en el estanque y darles algo de comer? La carretera que llega hasta aquí es bastante mala.

—Sí, sí, lo es. —El viejo se apresuró a desatar los tirantes de los arneses—. Mala carretera, ¿eh, muchachos? ¡Y la zaina en casa con su potro!

Oscar apartó al viejo.

—Nosotros nos ocuparemos de los caballos, Ivar. Si no, empezarás a encontrarles alguna enfermedad. Alexandra quiere ver tus hamacas.

Ivar condujo a Alexandra y a Emil a su pequeña casa que era como una cueva. No tenía más que una habitación, de pulcras paredes enlucidas y encaladas y con el suelo de madera. Había una estufa para cocinar, una mesa cubierta con un mantel de hule, dos sillas, un reloj, un calendario, unos cuantos libros en un estante, pero estaba todo tan limpio como una patena.

—¿Dónde duermes, Ivar? —preguntó Emil, paseando la mirada por la habitación.

Ivar descolgó una hamaca de un gancho que había en la pared; en ella había una piel de búfalo enrollada.

—Aquí, hijo mío. Una hamaca es una buena cama, y en

invierno me envuelvo en esta piel. En los lugares a donde voy a trabajar las camas no son tan cómodas como ésta.

Emil había superado ya toda su timidez. Pensaba que una cueva era un tipo de casa excelente. Había algo agradablemente insólito en ella y también en Ivar.

–¿Saben los pájaros que serás bueno con ellos, Ivar? ¿Es por eso que vienen tantos? –preguntó.

Ivar se sentó en el suelo sobre sus talones.

–Verás, hermanito, vienen de muy lejos y están muy cansados. Desde allá arriba, cuando están volando, nuestra tierra les parece llana y oscura. Necesitan agua para beber y para bañarse antes de proseguir su viaje. Miran a un lado y a otro, y abajo, muy lejos, ven algo reluciente, como un trozo de cristal incrustado en la tierra negra. Ése es mi estanque. Vienen a él y no les molestan. A lo mejor esparzo un poco de maíz. Se lo cuentan a los demás pájaros y al año siguiente vienen más. Tienen sus carreteras allá arriba, como nosotros aquí abajo.

Emil se frotó las rodillas con aire pensativo.

–¿Y es cierto, Ivar, que los patos que van en cabeza se quedan atrás cuando están cansados y los de detrás ocupan su lugar?

–Sí, en la punta de la cuña es donde peor se pasa; son los que cortan el viento. Sólo aguantan ahí un rato, media hora tal vez. Luego se quedan rezagados y la cuña se divide un poco, mientras los de atrás pasan por en medio para ponerse en cabeza. Luego se cierra y siguen volando, con una nueva vanguardia. Siempre van cambiando así, en el aire. Nunca se confunden; son como soldados entrenados.

Alexandra había elegido ya una hamaca cuando los chicos volvieron del estanque. No quisieron entrar, sino que se sentaron fuera, a la sombra del talud, mientras Alexandra e Ivar hablaban de los pájaros, del modo en que él cuidaba su casa y de por qué no comía nunca carne, ni fresca ni salada.

Alexandra ocupaba una de las sillas de madera, con los brazos apoyados sobre la mesa. Ivar estaba sentado en el suelo a sus pies.

–Ivar –dijo ella de pronto, resiguiendo el dibujo del mantel de hule con el dedo índice–, hoy he venido más bien para hablar contigo que para comprar una hamaca.

–¿Sí? –El viejo se rascó los pies en el suelo de madera.

–Tenemos una gran piara de cerdos, Ivar. No quise venderlos en primavera, cuando todos me aconsejaban que lo hiciera, y ahora que se les mueren los cerdos a tantos otros, tengo miedo. ¿Qué puedo hacer?

A Ivar le brillaron los ojillos; ya no estaban velados.

–¿Les das de comer bazofia y desperdicios? ¡Claro! ¿Y leche agria? ¡Oh, sí! ¿Y los tienes en una pocilga apestosa? ¡Te aseguro, hermana, que en este país se maltrata a los cerdos! Se vuelven sucios, como los cerdos de la Biblia. Si trataras así a las gallinas, ¿qué ocurriría? ¿Tienes algo de sorgo cultivado, quizá? Cércalo y mete allí a los cerdos. Constrúyeles un cobertizo para darles sombra, un tejado de paja sobre unas estacas. Que los chicos les echen barriles de agua, agua limpia en abundancia. Sácalos de su viejo agujero apestoso y no dejes que vuelvan hasta el invierno. Dales sólo grano y comida limpia, como darías a los caballos o al ganado. A los cerdos no les gusta estar sucios.

Los chicos habían estado escuchando desde fuera. Lou dio un codazo a su hermano.

–Vamos, los caballos han terminado de comer. Enganchémoslos y salgamos de aquí. Le va a llenar la cabeza de ideas. Acabará poniendo a los cerdos a dormir con nosotros.

Oscar gruñó y se puso en pie; Carl, que no entendía lo que decía Ivar, vio que los dos chicos estaban disgustados. No les importaba el duro trabajo, pero detestaban los experimentos y no les encontraban utilidad. Incluso Lou, que era más flexible que su hermano mayor, detestaba hacer algo diferente de sus vecinos. Creía que eso les haría sobresalir y daría a la gente ocasión de hablar de ellos.

Una vez en camino, de vuelta a casa, los chicos olvidaron el malhumor y bromearon sobre Ivar y sus pájaros. Alexandra no propuso ninguna reforma en el cuidado de los cerdos, y ellos esperaban que hubiera olvidado la charla de Ivar. Convinieron en que estaba más loco que nunca y que jamás sería capaz de sacarle provecho a su tierra, porque la trabajaba muy poco. Alexandra decidió en silencio que hablaría con Ivar al respecto para pincharle un poco. Los chicos convencieron a Carl para que se quedara a cenar y por la noche fuera a nadar con ellos al estanque que había en los pastos.

Aquella noche, después de fregar los platos de la cena, Alexandra se sentó en el escalón de la cocina, mientras su madre amasaba pan. Era una noche de verano de atmósfera densa y apacible, inundada por el olor de los campos de heno. De los pastos llegaba el sonido de risas y chapoteos; cuando la luna se elevó rápidamente sobre el horizonte de la pradera, el estanque resplandeció como metal bruñido y Alexandra vio el destello de los cuerpos blancos cuando los chicos corrían por la orilla o saltaban al agua. Alexandra contempló el estanque reluciente con aire soñador, pero al final sus ojos se desviaron hacia el campo de sorgo que había al sur del granero, donde planeaba construir el nuevo corral para los cerdos.

IV

Durante los tres años siguientes a la muerte de John Bergson, la familia prosperó. Luego llegaron los malos tiempos que llevaron a todos los habitantes del Divide al borde de la desesperación, tres años de sequía y fracasos, el último acto de resistencia de una tierra salvaje a la reja del arado que todo lo invadía. El primero de aquellos veranos improductivos lo soportaron los chicos Bergson animosamente. La pérdida de la cosecha de maíz abarató la mano de obra. Lou y Oscar contrataron a dos hombres y sembraron más tierra que nunca. Perdieron todo lo que invirtieron. La comarca entera cayó en el desánimo. Granjeros ya endeudados tuvieron que abandonar sus tierras. Unos cuantas ejecuciones de hipotecas desmoralizaron a toda la comarca. Los colonos se sentaban en las aceras de madera de la pequeña ciudad y se decían unos a otros que aquella tierra no estaba hecha para ser habitada por los hombres; lo único que podían hacer era volver a Iowa, a Illinois, a cualquier lugar que hubiera demostrado ser habitable. Los chicos Bergson, desde luego, habrían sido más felices con su tío Otto en la panadería de

Chicago. Como la mayoría de sus vecinos, estaban destinados a seguir una senda ya trazada y no a abrir nuevos caminos en un país nuevo. Un trabajo estable, unos cuantos días festivos, nada en que pensar, y habrían sido completamente felices. No tenían la culpa de que los hubieran llevado a una tierra salvaje cuando eran niños. Un pionero debía tener imaginación, debía ser capaz de disfrutar con la idea de las cosas más que con las cosas en sí mismas.

Transcurría el segundo de aquellos veranos estériles. Una tarde de septiembre, Alexandra había ido a la huerta del otro lado de la cañada para sacar unas cuantas patatas; habían crecido con fuerza pese al tiempo que era funesto para todo lo demás. Pero cuando Carl Linstrum fue a su encuentro atravesando los surcos de la huerta, Alexandra no cavaba. Estaba de pie, ensimismada, apoyada en la horca, con el sombrero junto a ella, tirado en el suelo. La huerta seca olía a las vides agostadas y estaba cubierta de pepinos de siembra amarillos y calabazas y sandías. En un extremo, cerca del ruibarbo, crecían espárragos semejantes a plumas, fresales y frambuesos. En medio de la huerta había una hilera de groselleros. Unas cuantas zinnias y caléndulas y una hilera de salvia escarlata daban testimonio de los cubos de agua que la señora Bergson había acarreado tras la caída del sol, pasando por alto la prohibición de sus hijos varones. Carl se acercó despacio y en silencio por el sendero de la huerta, mirando fijamente a Alexandra. Ella no lo oyó. Estaba absolutamente inmóvil con aquella seria soltura tan característica. Sus gruesas trenzas rojizas, enrolladas en torno a la cabeza, ardían a la luz del sol. El aire era lo bastante fresco para que resultara agradable notar el sol cálido en la espalda y los hombros, y tan claro que el ojo podía seguir el vuelo ascendente de un halcón hasta las resplandecientes inmensidades azules del cielo. Incluso Carl, que no había sido nunca un chico demasiado alegre y al que los dos últimos años de penurias habían amargado considerablemente, amaba la tierra en días como aquéllos, sentía algo fuerte, joven, salvaje, que surgía de ella y se reía de todos los cuidados.

—Alexandra —dijo, al llegar a su altura—. Quiero hablar contigo. Sentémonos junto a los groselleros. —Cogió el saco de patatas y atravesaron la huerta—. ¿Los chicos se han ido al pueblo? —preguntó al dejarse caer sobre la tierra caliente, cocida por el sol—. Bueno, por fin nos hemos decidido, Alexandra. Nos vamos.

Ella lo miró como si estuviera un poco asustada.

—¿De verdad, Carl? ¿Es definitivo?

—Sí; padre ha recibido noticias de Saint Louis y le van a dar otra vez su antiguo empleo en la fábrica de cigarros. Tiene que estar allí el uno de noviembre. Admitirán nuevos empleados entonces. Venderemos la granja por lo que nos den y subastaremos el ganado. No tenemos suficiente para el transporte. Voy a aprender a hacer grabados con un grabador alemán y luego intentaré encontrar trabajo en Chicago.

Alexandra dejó caer las manos sobre el regazo. Su mirada se volvió soñadora y los ojos se le llenaron de lágrimas.

El sensible labio inferior de Carl tembló. Con un palo, escarbó en la tierra blanda que tenía al lado.

—Esto es lo único que detesto de la idea, Alexandra —dijo

lentamente–. Tú has sido nuestro apoyo en muchos momentos difíciles y has ayudado a padre en muchas ocasiones, y ahora parece como si huyéramos y te dejáramos sola para enfrentarte con lo peor. Pero tampoco podríamos ayudarte. Sólo somos una carga más, una cosa más de las que cuidas y de las que te sientes responsable. Padre no está hecho para ser granjero, tú ya lo sabes. Y yo detesto esta vida. Nos hundiríamos cada vez más.

–Sí, sí, Carl, lo sé. Aquí estás desperdiciando tu vida. Puedes hacer cosas mucho mejores. Ya tienes casi diecinueve años y yo no querría que te quedaras. Siempre he tenido la esperanza de que te fueras. Pero no puedo evitar sentirme asustada cuando pienso en cuánto voy a echarte de menos, más de lo que llegarás a saber nunca. –Se secó las lágrimas de las mejillas, sin intentar ocultarlas.

–Pero, Alexandra –dijo él con tristeza y añoranza–, nunca te he ayudado de verdad, aparte de procurar algunas veces que los chicos estuvieran de buen humor.

Alexandra sonrió y meneó la cabeza.

–Oh, no es eso. No es nada parecido. Me has ayudado comprendiéndome a mí, y a los chicos, y a madre. Creo que ésa es la única forma que tiene una persona de ayudar realmente a otra. No sé por qué, pero necesitaré más valor para soportar tu marcha que para aguantar todo lo que ha ocurrido hasta ahora.

Carl fijó la mirada en el suelo.

–Todos dependíamos tanto de ti –dijo–, incluso padre. Padre me hace reír. Cuando surge cualquier contratiempo, siempre dice: «Me pregunto qué harán los Bergson. Creo que iré a preguntárselo a ella». Nunca olvidaré aquella vez, cuando llegamos aquí, y nuestro caballo tenía un cólico, y yo fui corriendo hasta tu casa; tu padre no estaba y tú viniste conmigo y le enseñaste a padre cómo hacer que el caballo expulsara el aire. Entonces eras sólo una niña, pero sabías mucho más sobre las tareas de una granja que mi pobre padre. ¿Recuerdas cómo echaba de menos mi antigua vida y las charlas que solíamos tener al volver del colegio? En cierto modo, siempre hemos sentido lo mismo.

–Sí, es cierto; nos han gustado las mismas cosas y nos han gustado juntos, sin que nadie más lo supiera. Y hemos pasado buenos ratos, buscando árboles para la Navidad y cazando patos y haciendo juntos vino de ciruelas todos los años. Ninguno de los dos ha tenido ningún otro amigo íntimo. Y ahora… –Alexandra se enjugó los ojos con una esquina de su delantal–, y ahora tengo que recordar que te vas a un sitio donde tendrás muchos amigos, y encontrarás el trabajo para el que estás más capacitado. Pero ¿me escribirás, Carl? Significaría mucho para mí.

–Te escribiré mientras viva –exclamó el muchacho impetuosamente–. Y trabajaré tanto para ti como para mí mismo, Alexandra. Quiero hacer algo que te guste y de lo que estés orgullosa. ¡Aquí soy un tonto, pero sé que puedo hacer algo más! –Se incorporó y miró ceñudo la hierba roja.

Alexandra suspiró.

–Cómo se desanimarán los chicos cuando se enteren. De todas formas, siempre vuelven del pueblo desanimados. Son muchas las personas que intentan abandonar esta tierra, y hablan con ellos y hacen que se depriman. Me temo que empiezan a enfadarse conmigo porque no quiero ni oír hablar de marcharnos. A veces me siento cansada de defender esta tierra.

–No se lo diré a los chicos todavía, si prefieres que no lo haga.

–Oh, yo misma se lo diré esta noche, cuando vuelvan a casa. De todas formas se pondrán como locos, y no sirve de nada retrasar las malas noticias. Para ellos es más difícil que para mí. Lou quiere casarse, el pobre, y no podrá hasta que mejoren las cosas. Mira, ya se pone el sol, Carl. Tengo que volver. Madre querrá sus patatas. Ya empieza a refrescar en cuanto se hace de noche.

Alexandra se levantó y miró a un lado y a otro. En el oeste brillaba un arrebol dorado, pero la tierra se veía ya vacía y triste. Una masa oscura móvil se acercaba por la colina del oeste; el chico de los Lee traía el ganado desde la otra mitad de la propiedad. Emil llegó corriendo desde el molino de viento para abrir la puerta del corral. El humo subía en espirales desde la casa de troncos, en la pequeña elevación, al otro lado de la cañada. El ganado mugía y bramaba. En el cielo, la pálida media luna empezaba lentamente a despedir un brillo plateado. Alexandra y Carl atravesaron juntos el bancal de patatas.

–Tengo que repetirme a mí misma que esto está ocurriendo de verdad –dijo ella en voz baja–. Desde que estás aquí, hace ya diez años, nunca me he sentido sola. Recuerdo cómo era antes. Ahora no tendré a nadie más que a Emil. Pero él es mi chico y tiene buen corazón.

Aquella noche, cuando llamaron a los chicos a cenar, se

sentaron con aire taciturno. Se habían puesto chaqueta
para ir al pueblo, pero comieron en camisa de rayas y tirantes. Eran ya hombres adultos y, como Alexandra decía, con
los años eran cada vez más parecidos a ellos mismos. Lou
seguía siendo el más delgado de los dos, el más rápido e
inteligente, pero impulsivo. Tenía unos ojos azules y vivaces,
la piel blanca y fina (siempre quemada por el sol hasta el
cuello de la camisa en verano), cabellos crespos y amarillos
que no se dejaban peinar y un pequeño e hirsuto bigote del
mismo color, del que estaba muy orgulloso. Oscar no podía
dejarse bigote, su pálido rostro era tan lampiño como un
huevo, y sus blancas cejas le daban un aspecto inexpresivo.
Era un hombre de cuerpo fornido e insólita resistencia, el
tipo de hombre que se puede enganchar a una máquina de
pelar mazorcas de maíz como si fuera un motor. Le daría
vueltas todo el día, sin apresurarse, sin aminorar la velocidad. Pero su cerebro era tan indolente como infatigable su
cuerpo. Su amor por la rutina era como un vicio. Trabajaba
como un insecto, haciendo siempre lo mismo y del mismo
modo, tanto si era lo mejor como si no. Creía que el mero
esfuerzo físico era una virtud soberana, y prefería hacer las
cosas de la forma que requiriera más esfuerzo. Si en un
campo se había sembrado maíz una vez, no soportaba la
idea de que se pasara al trigo. Le gustaba empezar a sembrar el maíz en la misma fecha todos los años, tanto si la
estación se atrasaba como si se adelantaba. Parecía creer
que, gracias a su irreprochable regularidad, podía desen-
tenderse de toda culpa y echársela al tiempo. Cuando la cosecha de trigo se arruinaba, trillaba la paja sin utilidad nin-

guna, para demostrar el poco grano que había, y probar así su alegato contra la Providencia.

Lou, por otra parte, era nervioso y mudable; planeaba siempre hacer dos días de trabajo en uno, y a menudo sólo conseguía terminar las cosas menos importantes. Le gustaba ocuparse de las reparaciones, pero no se ponía manos a la obra hasta que tenía que descuidar tareas más urgentes para atenderlas. En medio de la siega, cuando el trigo estaba más que maduro y se necesitaban todos los brazos, lo dejaba para arreglar cercas o reforzar un arnés; luego volvía corriendo al campo, trabajaba en exceso y tenía que guardar cama una semana. Los dos chicos se complementaban el uno al otro y se llevaban bien. Habían sido buenos amigos desde niños. Rara vez iba alguno a ninguna parte sin el otro, aunque fuera al pueblo.

Aquella noche, cuando se sentaron a cenar, Oscar no dejaba de mirar a Lou, como si esperara que dijera algo, y Lou parpadeaba y miraba su plato con el entrecejo fruncido. Fue Alexandra la que finalmente inició la discusión.

–Los Linstrum –dijo tranquilamente, poniendo otro plato de galletas calientes sobre la mesa– se vuelven a Saint Louis. El señor Linstrum va a trabajar en la fábrica de cigarros otra vez.

Al oír esto, Lou se lanzó de cabeza.

–¿Lo ves, Alexandra? Todos los que pueden se van. No tiene sentido querer aguantar sólo por tozudez. Hay que saber dejarlo a tiempo.

–¿Adónde queréis ir, Lou?

–A cualquier sitio donde crezcan las cosas –dijo Oscar

en tono sombrío. Lou alargó la mano para coger una patata.

–Chris Arnson ha cambiado sus ciento treinta hectáreas por unas tierras río abajo.

–¿A quién se las ha cambiado?

–A Charley Fuller, el del pueblo.

–¿Fuller, el agente de la propiedad? ¿Te das cuenta, Lou? Ese tal Fuller sabe lo que se hace. Está comprando y canjeando todas las tierras de por aquí a las que puede echar mano. Acabará siendo un hombre rico algún día.

–Ya es rico ahora, por eso puede arriesgarse.

–¿Y por qué no podemos nosotros? Nosotros viviremos más que él. Un día la tierra sola valdrá más que todo lo que pueda cultivarse en ella.

Lou se echó a reír.

–Podría valer todo eso y aun así no valdría gran cosa. Mira, Alexandra, no sabes de qué hablas. Nuestras tierras no darían ahora lo que daban hace seis años. La gente que se estableció aquí simplemente cometió un error. Ahora empiezan a comprender que estas tierras altas no están hechas para ser cultivadas, y todos los que no se han pasado al pastoreo de ganado están haciendo lo posible por marcharse. Esto está demasiado alto para ser cultivado. Todos los americanos se están largando a toda prisa. Ese tal Percy Adams que vive al norte del pueblo me dijo que dejaría que Fuller se quedara con sus tierras y todo lo demás por cuatrocientos dólares y un billete para Chicago.

–¡Otra vez Fuller! –exclamó Alexandra–. Ojalá ese hombre me aceptara como socia. ¡Es un aprovechado! ¡Si los pobres aprendieran un poco de los ricos! Pero todos ésos que se van corriendo son malos granjeros, como el pobre señor Linstrum. No pudieron salir adelante ni siquiera en los años buenos y se endeudaron todos mientras padre iba saldando sus deudas. Creo que deberíamos resistir todo lo que podamos por nuestro padre, que estaba resuelto a conservar esta tierra. Debió de pasar por momentos peores que éste. ¿Cómo fueron los primeros tiempos, madre?

La señora Bergson lloraba quedamente. Aquellas discusiones familiares siempre la deprimían y le hacían recordar todo lo que se había visto obligada a dejar atrás.

—No entiendo por qué los chicos hablan siempre de marcharse —dijo, secándose las lágrimas—. No quiero cambiar otra vez, a algún otro lugar salvaje tal vez, donde estaríamos peor que aquí, y volver a empezar desde cero. ¡No me iré! Si vosotros os vais, pediré a algún vecino que me acoja y me quedaré aquí y seré enterrada junto a vuestro padre. No voy a dejarlo solo en la pradera, para que le pase el ganado por encima. —Reanudó el llanto con mayor desconsuelo.

Los chicos estaban enfadados. Alexandra puso la mano sobre el hombro de su madre para tranquilizarla.

—Ni lo pienses, madre. No tienes que irte si no quieres. Un tercio de las tierras te pertenecen a ti según la ley americana, y no podemos venderlas sin tu consentimiento. Sólo queremos que nos aconsejes. ¿Cómo eran las cosas cuando padre y tú llegasteis aquí? ¿Fue realmente tan malo como ahora o no?

—¡Oh, peor! Mucho peor —gimió la señora Bergson—. ¡Sequía, chinches de la raíz, pedrisco! Mi huerto hecho pedazos como chucrut. No había vides junto al arroyo, no había nada. La gente vivía como coyotes.

Oscar se levantó y salió de la cocina hecho una furia. Lou se fue detrás de él. Creían que Alexandra se había aprovechado injustamente de su madre, poniéndola en su contra. A la mañana siguiente estaban serios y callados. No se ofrecieron a llevar a las mujeres a la iglesia, sino que se fueron al granero inmediatamente después del desayuno y se quedaron allí todo el día. Cuando llegó Carl Linstrum por la tarde, Alexandra le guiñó un ojo y señaló el granero. Él la entendió y se fue a jugar a cartas con los chicos. Los dos hermanos pensaban que jugar en domingo era algo muy malo y eso les servía para liberar sus emociones.

Alexandra no se movió de la casa. La señora Bergson siempre hacía la siesta el domingo por la tarde, y Alexandra leía. Durante la semana leía sólo el periódico, pero el domingo, y en las largas noches invernales, leía bastante; leía unos cuantos libros muchas veces. Se sabía de memoria largos fragmentos de la Saga Frithjof y, como la mayoría de suecos que sabían leer, le gustaba la poesía de Longfellow, las baladas, *The Golden Legend* y *The Spanish Student*. Aquel día estaba sentada en la mecedora de madera con la Biblia sueca sobre las rodillas, pero no leía. Miraba pensativamente hacia lo lejos, hacia el punto en que la carretera ascendía hasta desaparecer en el horizonte de la pradera. Su cuerpo tenía una actitud de absoluto reposo, como la que solía adoptar cuando pensaba en serio. Su mente era lenta, veraz, inquebrantable. No tenía la menor chispa de ingenio.

Durante toda la tarde, la sala de estar estuvo inundada de tranquilidad y de luz. Emil preparaba trampas para conejos en el cobertizo de la cocina. Las gallinas cacareaban y escarbaban en los macizos de flores, haciendo agujeros, y el viento agitaba el amaranto que había junto a la puerta.

Aquella noche Carl entró con los chicos para cenar.

–Emil –dijo Alexandra, cuando estaban todos sentados a la mesa–, ¿te gustaría hacer un viaje? Porque voy a hacer un viaje y puedes venir conmigo si quieres.

Los chicos alzaron la vista, asombrados; siempre temían los planes de Alexandra. Carl se mostró interesado.

–He estado pensando, muchachos –prosiguió ella–, que quizá estoy demasiado empeñada en no cambiar. Mañana engancharé a Brigham a la calesa y bajaré hasta las tierras de la ribera para pasar unos cuantos días observando lo que tienen por allí. Si encuentro algo bueno, muchachos, podréis ir vosotros y hacer un canje.

–Nadie de allí abajo querrá nada de aquí arriba –dijo Oscar con tono lúgubre.

–Eso es precisamente lo que quiero averiguar. Quizá estén tan descontentos allá abajo como nosotros aquí arriba. Las cosas lejos de casa suelen parecer mejor de lo que son. Ya sabes lo que dice en tu libro de Hans Andersen, Carl, que a los suecos les gusta comprar pan danés y a los daneses les gusta comprar pan sueco, porque la gente cree siempre que el pan del otro país es mejor que el suyo. En cualquier caso, he oído hablar mucho de las granjas de la ribera y no estaré satisfecha hasta que las haya visto con mis propios ojos.

Lou se removió en el asiento.

–¡Cuidado! No cierres ningún trato. No dejes que te engañen.

Lou era el más proclive a dejarse engañar. Aún no había aprendido a mantenerse alejado de los carros de los trileros que seguían al circo.

Después de cenar, Lou se puso una corbata y se fue a campo traviesa a cortejar a Annie Lee, y Carl y Oscar se sentaron a jugar a damas mientras Alexandra leía en voz alta *Los Robinsones suizos* a su madre y a Emil. Los dos chicos no tardaron mucho en olvidar el juego para ponerse a escuchar. Eran todos como niños grandes, y las aventuras de la familia en la casa del árbol les parecían tan absorbentes que les prestaron atención, olvidando todo lo demás.

V

Alexandra y Emil pasaron cinco días entre las granjas de la ribera, recorriendo el valle de punta a punta. Alexandra habló con los hombres sobre sus cosechas y con las mujeres sobre sus aves de corral. Se pasó un día entero con un joven granjero que había estudiado fuera y que estaba experimentando con un nuevo tipo de trébol. Aprendió mucho. Mientras iban en la calesa, Alexandra y Emil charlaban y hacían planes. Por fin, el sexto día, Alexandra hizo girar a Brigham hacia el norte y dejó el río atrás.

–No hay nada para nosotros hay abajo, Emil. Hay unas cuantas granjas buenas, pero pertenecen a hombres ricos de la ciudad y no podríamos comprarlas. La mayoría de las tierras son agrestes. Siempre se las arreglan para sobrevivir, pero nunca pasan de ahí. Ahí abajo tienen una cierta seguridad, pero las grandes oportunidades están arriba. Debemos tener fe en las tierras altas, Emil. Ahora más que nunca quiero conservar nuestras tierras, y cuando seas un hombre me lo agradecerás. –Azuzó a Brigham.

Cuando la carretera empezó a ascender por las primeras y

largas ondulaciones del Divide, Alexandra tarareó un viejo himno sueco y Emil se preguntó por qué su hermana parecía tan feliz. Alexandra tenía el rostro tan radiante que su hermano no se atrevió a preguntárselo. Por primera vez, quizá, desde que aquella tierra había emergido de las aguas en las eras geológicas, un rostro humano se volvía hacia ella con amor y deseo. A ella le parecía hermosa y fértil, y fuerte, y espléndida. Sus ojos bebieron de su inmensidad hasta que las lágrimas la cegaron. Entonces, el genio del Divide, el espíritu grande y libre que la invadía, debió de inclinarse más de lo que se había inclinado jamás ante una voluntad humana. La historia de todos los países empieza en el corazón de un hombre o de una mujer.

Alexandra llegó a casa por la tarde. Por la noche reunió a la familia y contó a sus hermanos todo lo que había visto y oído.

–Quiero que vosotros vayáis también a verlo. Os convenceréis cuando lo veáis con vuestros propios ojos. Las tierras de la ribera se colonizaron antes que éstas, así que nos llevan unos cuantos años de delantera y han aprendido más sobre las tareas agrícolas. La tierra se vende por el triple de lo que se vende aquí, pero en cinco años nosotros lo doblaremos. Los hombres ricos son los dueños de las mejores tierras y compran todo lo que pueden. Lo que debemos hacer es vender nuestro ganado y el poco maíz que tenemos y comprarles las tierras a los Linstrum. Luego, lo siguiente que debemos hacer es hipotecar las tierras y comprar las de Peter Crow; arañar hasta el último dólar que encontremos y comprar hasta la última hectárea que podamos.

–¿Hipotecar las tierras otra vez? –exclamó Lou. Se levantó como un resorte y empezó a darle cuerda al reloj furiosamente–. No trabajaré como un esclavo para pagar otra hipoteca. Jamás. ¡Acabarás matándonos a todos, Alexandra, con tal de llevar a cabo tus planes!

Oscar se frotó la frente alta y pálida.

–¿Cómo te propones pagar las hipotecas?

Alexandra miró a uno y a otro y se mordió el labio. Sus hermanos no la habían visto nunca tan nerviosa.

–Mirad –espetó al fin–. Pediremos el préstamo a seis años. Bien, con el dinero compraremos ciento treinta hectáreas de Linstrum y otras tantas de Crow, y tal vez sesenta y cinco de Struble. Con eso tendremos casi seiscientas hectáreas, ¿no? No tendremos que liquidar las hipotecas hasta que pasen seis años. Para entonces, todas estas tierras valdrán a setenta y cinco dólares la hectárea; valdrán ciento veinticinco, pero lo dejaremos en setenta y cinco. Entonces podremos vender un huerto y liquidar una deuda de mil seiscientos dólares. No es el capital lo que me preocupa, sino los intereses y los impuestos. Tendremos que apretarnos el cinturón para cumplir con los pagos. Pero tan seguro como estamos aquí sentados esta noche que dentro de diez años seremos propietarios independientes y dejaremos de ser granjeros en apuros. La oportunidad que nuestro padre estuvo esperando siempre ha llegado.

Lou se paseaba de un lado a otro.

–Pero ¿cómo sabes que la tierra subirá lo bastante para pagar las hipotecas y...?

–¿Y hacernos ricos, además? –añadió Alexandra con firmeza–. No sé cómo explicarlo, Lou. Tendrás que aceptar mi palabra. Lo sé, eso es todo. Uno nota que va a llegar cuando recorre estas tierras.

Oscar estaba sentado con la cabeza baja y las manos colgando entre las rodillas.

–Pero no podremos trabajar tantas tierras –dijo débilmente, como si hablara consigo mismo–. Ni siquiera podemos intentarlo. No haríamos más que morir de extenuación. –Suspiró y golpeó la mesa con su puño encallecido.

Los ojos de Alexandra se llenaron de lágrimas. Puso una mano sobre el hombro de su hermano.

–Tú, pobre, no tendrás que trabajarlas. Los hombres de la ciudad que compran las tierras de otros no intentan trabajarlas. Son hombres que esperan, atentos, en un país nuevo. Intentemos ser como esos hombres astutos y no como estos pobres infelices. No quiero que vosotros tengáis que trabajar siempre así. Quiero que seáis independientes y que Emil estudie.

Lou se sujetó la cabeza como si se le fuera a partir.

–Todo el mundo dirá que estamos locos. Debe de ser una locura, porque si no todo el mundo haría lo mismo.

–Si así fuera, no tendríamos muchas oportunidades. No, Lou, hablé sobre ello con aquel joven tan inteligente que está sembrando el nuevo tipo de trébol. Él dice que lo correcto suele ser precisamente lo que nadie hace. ¿Por qué estamos nosotros en mejor situación que cualquiera de nuestros vecinos? Porque nuestro padre tenía más cerebro. Nuestra gente era mejor que ésta en nuestro país. Deberíamos hacerlo mejor que ellos y tener más vista. Sí, madre, ahora quito la mesa.

Alexandra se levantó. Los chicos se fueron al establo para ocuparse del ganado y estuvieron fuera mucho rato. Cuando regresaron, Lou tocó su *dragharmonika* y Oscar se sentó en el escritorio de su padre y pasó la velada haciendo números. No dijeron nada más sobre el proyecto de Alexandra, pero ella estaba convencida de que lo aceptarían. Justo antes de acostarse, Oscar salió a buscar un cubo de agua. Al ver que no regresaba, Alexandra se echó un chal por encima de la cabeza y bajó corriendo por el camino hasta el molino de viento. Lo encontró sentado allí con la cabeza entre las manos y se sentó a su lado.

–No hagas nada que no quieras hacer, Oscar –susurró. Esperó un momento, pero él no se movió–. No diré nada más, si no quieres. ¿Por qué estás tan abatido?

–Me da pavor firmar papeles –dijo lentamente–. Cuando era niño, siempre teníamos una hipoteca pendiente sobre nuestras cabezas.

–Entonces no firmes. No quiero que lo hagas, si es eso lo que sientes.

Oscar meneó la cabeza.

–No, veo que hay una posibilidad en lo que dices. He pensado mucho en que realmente puede haberla. Estamos tan hundidos ahora que da igual si nos hundimos más. Pero es muy duro pagar deudas. Es como sacar una trilladora del barro; se rompe uno el espinazo. Lou y yo hemos trabajado como mulas y no veo que nos haya servido de mucho.

–Nadie lo sabe mejor que yo, Oscar. Por eso quiero probar algo más fácil. No quiero que tengáis que arrancar de la tierra cada dólar.

–Sí, ya sé lo que quieres decir. Quizá salga bien. Pero firmar papeles es firmar papeles. En eso no hay quizá que valga. –Cogió el cubo y subió pesadamente hasta la casa.

Alexandra se arrebujó en el chal y se quedó apoyada en la estructura del molino, mirando las estrellas que brillaban rutilantes en el gélido ambiente otoñal. Le gustaba mirarlas, pensar en su inmensidad, en la distancia y en su trayectoria predeterminada. Se sentía más fuerte al meditar sobre las grandes operaciones de la naturaleza, y cuando pensaba en la ley que las regía, tenía una sensación de seguridad personal. Aquella noche adquirió una nueva conciencia de la tierra, sintió casi un nuevo vínculo con ella. Ni siquiera la discusión con sus hermanos había disipado la emoción que la había embargado al regresar al Divide por la tarde. Hasta entonces no había comprendido cuánto significaba aquella tierra para ella. El chirriar de los insectos entre la larga hierba había sido como la más dulce de las músicas. Se había sentido como si su corazón estuviera oculto allí, en alguna parte, con la codorniz y el chorlito y todas las criaturillas salvajes que zumbaban o cantaban al sol. Bajo la larga cadena de colinas irregulares, sintió que se preparaba el futuro.

I

Han pasado dieciséis años desde la muerte de John Bergson. Su mujer yace ahora junto a él y la pequeña asta blanca que señala sus tumbas resplandece sobre los campos de trigo. De haber podido salir de su tumba, John no habría reconocido la tierra bajo la que dormía. El enmarañado manto de la pradera que habían levantado para hacer su lecho de muerte ha desaparecido para siempre. Desde el cementerio noruego se contempla un vasto tablero dividido en parcelas de trigo y maíz; claro y oscuro, claro y oscuro. Los hilos telefónicos zumban a lo largo de las blancas carreteras, que discurren siempre en ángulos rectos. Desde la verja del cementerio pueden contarse una docena de granjas pintadas de alegres colores; las veletas doradas se saludan unas a otras desde los grandes graneros rojos a través de los campos verdes y marrones y amarillos. Las ligeras estructuras de acero de los molinos de viento tiemblan y tiran de sus anclajes, vibrando al viento que sopla a menudo días enteros sobre aquella franja alta de tierra, activa y resuelta.

La zona está ahora densamente poblada. El fértil suelo da

cosechas abundantes; el clima seco, tonificante y el suave terreno facilitan las tareas agrícolas para hombres y bestias. Pocas escenas hay más gratificantes que las de aquella tierra cuando se ara en primavera, en la que los surcos de un solo campo se extienden a menudo hasta un kilómetro y medio, y la tierra marrón, con un olor intenso, limpio, y con un enorme poder de crecimiento y fertilidad, se rinde ávidamente al arado; se separa al paso de la cuchilla, sin empañar siquiera el brillo del metal, con un suave y hondo suspiro de contento. La siega se prolonga a veces noche y día, y en las temporadas buenas apenas hay caballos y hombres suficientes. El grano es tan pesado que se inclina hacia la hoja y se corta como el terciopelo.

Hay algo franco y jubiloso y joven en la faz abierta de la tierra. Se rinde sin remilgos a los diferentes estados de ánimo de la estación, sin reservarse nada. Como las llanuras de Lombardía, parece elevarse un poco para recibir el sol. El aire y la tierra se emparejan y entremezclan de una manera curiosa, como si uno fuera el hálito del otro. Se nota en la atmósfera la misma cualidad tonificante, poderosa, que hay en la tierra cultivable, la misma fuerza y determinación.

Una mañana de junio había un hombre joven junto a la verja del cementerio noruego, afilando una guadaña con golpes que, inconscientemente, seguían la melodía que silbaba. Llevaba un gorro de franela y pantalones de dril, y se había arremangado hasta el codo la camisa de franela. Cuando le satisfizo el filo de la hoja, se metió la piedra de amolar en el bolsillo del pantalón y empezó a mover la guadaña, sin dejar de silbar, pero en voz baja, por respeto a las calladas gentes que lo rodeaban. Un respeto inconsciente, era lo más seguro, pues parecía ensimismado en sus pensamientos, que, al igual que los del gladiador, lo llevaban muy lejos de allí. Era un chico de espléndida figura, alto y erguido como un pino joven, con una hermosa cabeza y turbulentos ojos grises hundidos bajo una frente seria. El espacio que había entre sus dos dientes delanteros, más separados de lo normal, le daba la destreza para silbar por la que destacaba en la universidad. (También tocaba la corneta en la banda.)

Cuando la hierba requería su atención, o cuando tenía que agacharse para segar la hierba alrededor de una lápida, interrumpía su animada melodía –*the Jewel song*–, y la reanudaba donde la había dejado cuando su guadaña volvía a oscilar libremente. No pensaba en los extenuados pioneros sobre los que relucía su hoja. Apenas recordaba la antigua tierra salvaje, la lucha en la que su hermana estaba destinada a triunfar mientras tantos otros hombres se deslomaban hasta morir. Todo ello se cuenta entre las cosas borrosas de la infancia y ha quedado olvidado bajo el entramado más brillante que hoy teje la vida para él, bajo las brillantes hazañas de ser el capitán del equipo de atletismo y de poseer el récord interestatal de salto de altura; bajo el resplandor, que todo lo demás difumina, de tener veintiún años. Sin embargo, a veces, en las pausas que hacía durante la tarea, el joven fruncía el entrecejo y miraba la tierra con una fijación que sugería que incluso los veintiún años podían tener sus dificultades.

Cuando llevaba cerca de una hora segando la hierba, oyó

el traqueteo de un carro ligero en la carretera, a su espalda. Supuso que era su hermana, que volvía de una de sus granjas, y siguió trabajando. El carro se detuvo ante la verja y una alegre voz de contralto gritó:

–¿Has acabado ya, Emil? –Él dejó caer la guadaña y se aproximó a la cerca, secándose la cara y el cuello con un pañuelo. En el carro iba una mujer joven con guantes de conductor y un sombrero de ala ancha adornado con amapolas rojas. Su rostro también se parecía a una amapola, redondo y moreno, con un intenso color en los labios y las mejillas; y sus ojos vivaces, entre amarillos y marrones, rebosaban animación. El viento hacía ondear el ala de su gran sombrero y jugueteaba con un rizo de sus cabellos castaños. Meneó la cabeza al ver al joven alto.

–¿A qué hora has venido? Esto no es nada para un atleta. Yo he ido al pueblo y he vuelto. Alexandra deja que te levantes tarde. ¡Ah, lo sé!; la mujer de Lou me ha hablado de lo mucho que te mima. Pensaba llevarte, si has terminado. –Cogió de nuevo las riendas.

–Acabaré en un minuto. Espérame, Marie, por favor –pidió Emil persuasivamente–. Alexandra me ha enviado a segar nuestra parcela, pero he hecho media docena de las demás. Espera a que acabe con la de los Kourdna. Por cierto, eran bohemios. ¿Por qué no están en el cementerio católico?

–Librepensadores –contestó la joven, lacónicamente.

–Muchos de los chicos bohemios de la universidad lo son –dijo Emil, volviendo a empuñar la guadaña–. ¿Y para qué quemasteis a John Huss, de todas maneras? Ha provocado un jaleo tremendo. Aún se habla de ello en las clases de historia.

–Volveríamos a hacerlo, la mayoría de nosotros –dijo la joven con apasionamiento–. ¿No te enseñaron nunca en las clases de historia que seríais todos unos turcos paganos de no ser por los bohemios?

Emil se había puesto a segar.

–Oh, desde luego los checos tenéis muchas agallas –dijo por encima del hombro.

Marie Shabata se acomodó en su asiento y contempló el movimiento rítmico de los largos brazos del hombre, balanceando el pie como si siguiera una melodía que tararease mentalmente. Pasaron los minutos. Emil segaba con brío y Marie tomaba el sol mientras contemplaba cómo caía la larga hierba. Marie estaba sentada con la soltura de las personas de carácter esencialmente feliz, capaces de hallar un lugar cómodo en casi cualquier parte, ágiles y veloces en adaptarse a las circunstancias. Tras una última pasada, Emil abrió la verja y se subió al carro, sujetando la guadaña de modo que quedase fuera.

–Bien –suspiró–, también he dado una pasada al viejo Lee. No sé de qué se queja la mujer de Lou. A él no lo he visto nunca segando por ahí.

Marie rió entre dientes sin apartar la vista del caballo.

–¡Oh, ya conoces a Annie! –Miró los brazos desnudos del hombre–. Qué moreno te has puesto desde tu vuelta. Ojalá yo tuviera un atleta que me segara la hierba del huerto. Me mojo hasta las rodillas cuando voy a recoger frutos.

–Puedes tenerlo siempre que quieras. Mejor que esperes

hasta después de que llueva. –Emil miró hacia el horizonte con los ojos entornados como si buscara nubes.

–¿En serio? ¡Oh, qué buen chico! –Se volvió hacia él con una sonrisa radiante. Él la notó más que verla. En realidad había vuelto la cara con el propósito de no verla–. He estado viendo el traje de boda de Angélique –prosiguió Marie–, y estoy impaciente por que llegue el domingo. Amédée será un novio muy guapo. ¿Le acompañará alguien más aparte de ti? Bueno, entonces estaréis todos muy guapos. –Hizo una mueca graciosa a Emil, que se ruborizó–. Frank –continuó Marie, fustigando al caballo– está enfadado conmigo porque presté su silla a Jan Smirka, y mucho me temo que no me llevará al baile por la noche. Quizá la cena del convite le tiente. Toda la familia de Angélique lo está preparando y también los veinte primos de Amédée. Habrá barriles de cerveza. Si consigo llevar a Frank a la cena, me las arreglaré para quedarme al baile. Y, por cierto, Emil, conmigo no tienes que bailar más que una o dos veces. Has de bailar con todas las chicas francesas. Se ofenderán si no lo haces. Creen que eres muy orgulloso porque has estado fuera estudiando, o algo parecido.

–¿Cómo sabes que piensan eso? –preguntó Emil con desdén.

–Bueno, no bailaste mucho con ellas en la fiesta de Raoul Marcel, y vi cómo se lo tomaban por el modo en que te miraron a ti... y a mí.

–De acuerdo –dijo Emil con tono cortante, mirando detenidamente la brillante hoja de su guadaña.

Siguieron en dirección oeste, hacia Norway Creek y hacia

una gran casa blanca asentada sobre una colina, a varios kilómetros atravesando los campos. Había tantos cobertizos y anexos agrupados en torno a la casa que el lugar parecía una diminuta aldea. Un forastero, al acercarse a ella, no podía evitar fijarse en la belleza y abundancia de los campos que la rodeaban. Aquella enorme granja tenía algo particular, una pulcritud y un cuidado por los detalles poco habituales. Antes de llegar al pie de la colina, a lo largo de kilómetro y medio, la carretera estaba bordeada por altos setos de naranjos de Luisiana cuyo lustroso verdor delimitaba los campos amarillos. Al sur de la colina, en una depresión del terreno rodeada por un seto de moreras, estaba el huerto, con sus árboles frutales sumergidos en fleo de los prados. Cualquier persona de los alrededores le habría informado de que aquélla era una de las granjas más ricas del Divide y que la dueña era una mujer, Alexandra Bergson.

Si se sube la colina y se entra en la gran casa de Alexandra, se descubre que está curiosamente inacabada y que su comodidad es desigual. Una habitación está empapelada, tiene alfombra y un exceso de muebles; la siguiente está prácticamente desnuda. Las habitaciones más agradables de la casa son la cocina –donde las tres muchachas suecas charlan, cocinan y hacen encurtidos y conservas a lo largo del verano– y la sala de estar, en la que Alexandra ha reunido los viejos y acogedores muebles que utilizaban los Bergson en su primera casa de troncos, los retratos familiares y las escasas pertenencias que su madre había traído desde Suecia.

Cuando se sale de la casa al jardín, el orden y la pulcritud se hacen de nuevo manifiestos en la enorme granja; en los cercados y setos, en las hileras de árboles y los cobertizos, en los estanques simétricos de los pastos, bordeados de sauces enanos plantados para dar sombra al ganado en la estación de las moscas. Hay incluso una hilera blanca de colmenas en el huerto, bajo los nogales. Se siente que, en realidad, la casa de Alexandra es el aire libre, y que es con la tierra como mejor se expresa a sí misma.

II

Emil llegó a casa poco después del mediodía, y cuando entró en la cocina Alexandra estaba ya sentada a la cabecera de la larga mesa, comiendo con sus peones, como hacía siempre a menos que hubiera visitas. Emil se sentó en la silla vacía, a la derecha de su hermana. Las tres bonitas muchachas suecas que hacían las labores de la casa cortaban porciones de pastel, volvían a llenar las tazas de café, depositaban bandejas de pan y carne y patatas sobre el rojo mantel, y se estorbaban continuamente las unas a las otras en su trajinar entre la mesa y la cocina. Ciertamente, malgastaban bastante el tiempo en estorbarse unas a otras y en reírse tontamente de las equivocaciones de cada una. Pero, como Alexandra había dicho mordazmente a sus cuñadas, si tenía a tres muchachas en la cocina era para oír sus risas; el trabajo podía hacerlo ella misma en caso necesario. Aquellas muchachas, que recibían largas cartas de su hogar, con sus mejores galas y sus asuntos amorosos, le proporcionaban grandes dosis de entretenimiento, y le hacían compañía cuando Emil estaba en la universidad.

Alexandra siente un gran cariño por la más joven, Signa, que tiene una bonita figura, las mejillas pecosas y sonrosadas y el pelo rubio, aunque no deja de vigilarla. Signa suele tontear durante las comidas, cuando los hombres andan por la cocina, y derrama el café o vuelca la crema. Se supone que Nelse Jensen, uno de los seis hombres sentados a la mesa, corteja a Signa, aunque ha puesto tanto cuidado en no comprometerse que nadie en la casa, y menos aún Signa, sabe exactamente hasta dónde han llegado las cosas. Nelse la observa con pesadumbre mientras ella sirve la mesa, y por la noche se sienta en el banco que hay detrás de los fogones con su *dragharmonika*, tocando melodías tristes y contemplándola mientras ella sigue enfrascada en sus tareas. Cuando Alexandra preguntó a Signa si creía que Nelse iba en serio, la pobre niña ocultó las manos bajo el delantal y musitó: «No lo sé, señora. ¡Pero me riñe por todo, como si quisiera que fuera suya!».

A la izquierda de Alexandra se sentaba un anciano descalzo y con un largo blusón azul de cuello abierto. Sus enmarañados cabellos no son más blancos que hace dieciséis años, pero sus ojillos azules se han vuelto pálidos y acuosos, y su rostro rubicundo se ha marchitado, como una manzana aferrada al árbol durante todo el invierno. Cuando Ivar perdió su tierra hace doce años, por la mala administración, Alexandra lo recogió, y ha formado parte del personal desde entonces. Es demasiado viejo para trabajar en el campo, pero se ocupa de enganchar y desenganchar a los caballos y de la salud del ganado. Algunas noches de invierno, Alexandra lo llama a la sala de estar para que le lea la Biblia en voz alta, pues aún lee muy bien. A Ivar no le gustan las moradas humanas, de modo que Alexandra le ha acondicionado una habitación en el establo, donde está muy cómodo, cerca de los caballos y, como él dice, lejos de las tentaciones. Nadie ha descubierto jamás cuáles son. Cuando hace frío, se sienta en la cocina junto a la estufa y hace hamacas o arregla arneses hasta que llega la hora de acostarse. Luego reza sus oraciones durante un buen rato detrás de la estufa, se pone su abrigo de piel de búfalo y se va a su habitación del establo.

La propia Alexandra ha cambiado muy poco. Ha engordado un tanto y su cara tiene más color. Parece más risueña y vigorosa que de muchacha. Pero sigue teniendo la misma calma y parsimonia, los mismos ojos claros, y sigue llevando el cabello en dos trenzas alrededor de la cabeza; es tan rizado que algunas puntas rebeldes se escapan de las trenzas y dan a su cabeza el aspecto de uno de los grandes girasoles dobles que bordean su huerta. Su rostro está siempre bronceado en verano, pues su sombrero pasa más tiempo en el brazo que en la cabeza. Pero donde se le abre el cuello de la ropa y las mangas se retiran de la muñeca, la piel tiene la suavidad y la blancura que sólo las mujeres suecas poseen; es una piel con la frescura de la misma nieve.

Alexandra no hablaba mucho en la mesa, pero animaba a sus hombres a hacerlo y siempre escuchaba con atención, incluso cuando no parecían decir más que tonterías.

Aquel día, Barney Flinn, el corpulento irlandés pelirrojo que llevaba cinco años con Alexandra y que era en realidad su capataz, aunque no tenía tal título, rezongaba sobre el nuevo silo que Alexandra había hecho construir en primavera. Resultaba que era el primer silo del Divide, y los vecinos y los hombres de Alexandra lo veían con escepticismo.

–Claro que, si la cosa no funciona, tendremos montones de pienso sin él –admitió Barney.

Nelse Jensen, el sombrío pretendiente de Signa, tenía su propia opinión.

–Lou dice que no tendría un silo en su propiedad aunque se lo regalaran. Dice que el pienso que sale de ahí provoca cólicos al ganado. Oyó decir que alguien perdió cuatro caballos por darles de comer ese pienso.

Alexandra los miró a todos.

–Bueno, la única forma de descubrir si funciona es intentarlo. Lou y yo tenemos ideas diferentes sobre la alimentación del ganado, y eso es bueno. Lo malo es que todos los miembros de una familia piensen igual. Nunca llegan a ninguna parte. Lou puede aprender de mis errores y yo puedo aprender de los suyos. ¿No es justo, Barney?

El irlandés rió. No le gustaba Lou, que siempre se daba ínfulas con él y decía que Alexandra pagaba demasiado a sus peones.

–No tengo otra idea que la de darle una oportunidad justa, señora. Es lo más sensato, después de haberse gastado tanto dinero en él. Quizá Emil quiera venir conmigo a echarle un vistazo. –Apartó la silla, cogió su sombrero del clavo y salió con Emil, del que se suponía que, con sus ideas universitarias, era el instigador del silo. Los otros peones fueron tras ellos, todos excepto el viejo Ivar. Se había mostrado abatido durante toda la comida y no había prestado atención a la charla de los hombres, ni siquiera cuando mencionaron los cólicos que sufría el ganado a causa de los piensos, sobre lo que indudablemente tendría sus propias opiniones.

–¿Quieres hablar conmigo, Ivar? –preguntó Alexandra, levantándose de la mesa–. Acompáñame a la sala.

El anciano siguió a Alexandra, pero cuando ella le señaló una silla, meneó la cabeza. Ella cogió su cesta de labor y esperó a que hablara. Ivar se quedó de pie, mirando la alfombra con la cabeza gacha y las manos enlazadas delante del cuerpo. Las piernas arqueadas de Ivar parecían haberse acortado con los años, y no se correspondían en absoluto con su corpulencia y sus anchos hombros.

–Bueno, Ivar, ¿de qué se trata? –preguntó Alexandra después de esperar más tiempo del habitual.

Ivar no había aprendido a hablar inglés y su noruego era extraño y grave, como el que hablaban las personas anticuadas. Siempre se dirigía a Alexandra expresándose con el más profundo respeto, esperando con ello dar un buen ejemplo a las criadas, porque le parecía que se tomaban demasiadas confianzas.

–Señora –empezó débilmente, sin levantar la vista–, últimamente la gente me mira mal. Ya sabe usted que se ha hablado mucho.

–¿Hablado de qué, Ivar?

–De enviarme al asilo.

Alexandra dejó a un lado la cesta de labores.

–A mí no ha venido nadie a hablarme de eso –dijo con firmeza–. ¿Para qué los escuchas? Ya sabes que yo jamás consentiría semejante cosa.

Ivar alzó la enmarañada cabeza y la miró con sus ojillos.

–Dicen que usted no podrá impedirlo si la gente se queja de mí, si sus hermanos se quejan a las autoridades. Dicen que sus hermanos tienen miedo, ¡Dios me libre!, de que le haga algún daño cuando tengo uno de mis arrebatos. Señora, ¿cómo pueden pensar eso? ¡Que yo pueda morder la mano que me alimenta! –Las lágrimas le cayeron al anciano hasta la barba. Alexandra frunció el entrecejo.

–Ivar, me extraña de ti que hayas venido a molestarme con semejantes tonterías. Todavía soy yo quien gobierna mi casa, y los demás no tienen nada que decir sobre ti, ni sobre mí. Mientras me convenga que estés conmigo, no hay nada más que decir.

Ivar sacó un pañuelo rojo del bolsillo que llevaba el blusón en el pecho y se secó los ojos y la barba.

–Pero yo no deseo que me retenga si, como dicen, va en contra de sus intereses, y si le resulta difícil encontrar peones porque yo estoy aquí.

Alexandra hizo un gesto de impaciencia, pero el anciano alzó la mano y prosiguió con seriedad:

–Escuche, señora, será mejor que tenga en cuenta estas cosas. Ya sabe que mis arrebatos son cosa de Dios y que yo no haría daño a ningún ser viviente. Usted cree que todo el mundo debería adorar a Dios del modo en que le haya sido revelado. Pero en este país no piensan así. Aquí todos han de hacer lo mismo. Me desprecian porque no llevo zapatos, porque no me corto el cabello y porque tengo visiones. En nuestro país había muchos como yo, que habían sido tocados por Dios, o que habían visto cosas en el cementerio por la noche y después habían cambiado. No pensábamos que fuera malo y los dejábamos tranquilos. Pero aquí, si un hombre es diferente, en la cabeza o en los pies, lo meten en el asilo. Fíjese en Peter Kralik; cuando era niño, bebiendo de un arroyo, se tragó una serpiente, y a partir de entonces sólo pudo comer lo que le gustaba a la criatura porque si comía otra cosa, se enfurecía y le mordía. Cuando notaba que se agitaba en su interior, bebía alcohol para atontarla y conseguir un poco de tranquilidad. Trabajaba tan bien como cualquier otro hombre y tenía la cabeza clara, pero lo encerraron por tener el estómago diferente. Así es como funciona; han construido el asilo para las personas que son distintas, y ni siquiera nos permiten vivir en las madrigueras de los tejones. Sólo su prosperidad me ha protegido hasta ahora. Si hubiera tenido usted mala suerte, hace tiempo que me habrían llevado a Hastings.

Ivar se animó mientras hablaba. Alexandra había descubierto que a menudo podía hacer que dejara los ayunos y las largas penitencias hablando con él, y permitiendo que expresara los pensamientos que lo atormentaban. La comprensión aclaraba siempre su cabeza, y el ridículo era como veneno para él.

–Hay mucha razón en lo que dices, Ivar. Lo más probable es que quieran llevarme a mí a Hastings porque he construido un silo, y luego quizá te lleven allí conmigo. Pero por el momento te necesito aquí. Sin embargo, no vuelvas a venir contándome lo que dice la gente. Que la gente diga lo que quiera, y nosotros seguiremos viviendo como mejor nos parezca. Hace ya doce años que estás conmigo y te he pedido consejo más a menudo que a cualquier otra persona. Eso debería bastarte.

Ivar inclinó la cabeza humildemente.

—Sí, señora, no la molestaré más por mucho que hablen. Y en cuanto a mis pies, he cumplido sus deseos todos estos años, aunque usted no me lo ha preguntado nunca, y me los he lavado cada noche, incluso en invierno.

Alexandra rió.

—Oh, no te preocupes por tus pies, Ivar. Recuerdo aún cuando la mitad de nuestros vecinos iban descalzos en verano. Estoy segura de que a la señora Lee le encantaría quitarse los zapatos algunas veces, si se atreviera. Me alegro de no ser la suegra de Lou.

Ivar miró a un lado y a otro con aire misterioso y bajó la voz casi hasta un susurro.

—¿Sabe lo que tienen en casa de Lou? Una gran bañera blanca, como los abrevaderos de piedra que teníamos en mi país, para lavarse dentro. Cuando me envió usted a llevarles las fresas, estaban todos en la ciudad menos la anciana y el bebé. Ella me llevó a ver esa cosa y me contó que era imposible quedar limpio porque, con tanta agua, no se podía hacer espuma suficiente. Así que, cuando la llenan y la mandan a lavarse, ella finge y hace ruido de chapoteo. Luego, cuando están todos durmiendo, se lava en una pequeña tina de madera que guarda debajo de la cama.

Alexandra se rió a carcajadas.

—¡Pobre señora Lee! Tampoco le dejan llevar gorro de

dormir. No importa; cuando viene a visitarme, puede hacer todo lo que hacía antes a la antigua usanza, y beber toda la cerveza que quiera. Abriremos un asilo para la gente de los viejos tiempos, Ivar.

Ivar dobló su gran pañuelo con todo cuidado y se lo metió otra vez en el blusón.

–Siempre ocurre igual, señora. Yo acudo a usted lamentándome y usted me alegra el corazón. ¿Y sería tan amable de decirle al irlandés que no utilice al caballo castrado marrón hasta que se le haya curado la llaga de la paletilla?

–Lo haré. Ahora ve y engancha la yegua de Emil a la carreta. Voy a ir a la parcela norte para reunirme con el hombre de la ciudad que quiere comprarme la alfalfa.

III

Sin embargo, Alexandra tendría que oír hablar una vez más del caso de Ivar. Un domingo, sus hermanos casados acudieron a comer con ella. Les había pedido que fueran aquel día porque Emil, que detestaba las reuniones familiares, estaría ausente, bailando en la boda de Amédée Chevalier, en la colonia francesa. Se había preparado la mesa del comedor, donde la madera de brillante barniz, los cristales de colores y las porcelanas inútiles destacaban lo suficiente para satisfacer el canon de la nueva prosperidad. Alexandra se había puesto en manos del vendedor de muebles de Hanover, y él había trabajado a conciencia para hacer que el comedor se pareciera al escaparate de su tienda. Ella confesaba con franqueza que no sabía nada de tales cosas y estaba dispuesta a dejarse guiar por la convicción generalizada de que, cuanto más inútiles y completamente inservibles fueran los objetos, mayor era su virtud como adorno. Esto le parecía razonable. Precisamente porque a ella le gustaban las cosas sencillas, se hacía más necesario tener jarrones y poncheras y candelabros en los salones para la gente que sí apreciaba tales cosas.

A sus invitados les gustaba ver en ellos tranquilizadores emblemas de prosperidad.

La familia estaba al completo, excepto Emil y la mujer de Oscar que, como se decía por allí, «no iba a ninguna parte en aquellos momentos». Oscar estaba sentado en un extremo de la mesa y sus cuatro hijos de rubia cabeza, con edades comprendidas entre los cinco y los doce años, ocupaban un lado entero. Ni Oscar ni Lou han cambiado mucho; sencillamente han envejecido para ser cada vez más ellos mismos, como Alexandra había dicho de ellos hacía mucho tiempo. Ahora Lou parece el mayor; tiene el rostro delgado, astuto, y lleno de arrugas alrededor de los ojos, mientras que el de Oscar es grueso y abotargado. Sin embargo, a pesar de su abotargamiento, Oscar gana más dinero que su hermano, lo que aumenta la brusquedad y la inquietud de Lou y le impulsa a alardear. Lou es taimado, ése es su problema, y sus vecinos lo han descubierto; no en vano, como dice Ivar, tiene cara de zorro. Siendo la política el campo natural para talentos como el suyo, Lou descuida su granja para asistir a convenciones y optar a cargos públicos del condado.

Curiosamente, la mujer de Lou, antes Annie Lee, ha acabado pareciéndose a su marido. Su rostro se ha vuelto más largo, perspicaz, agresivo. Lleva el pelo rubio recogido en un moño alto, y se engalana con anillos, cadenas y «alfileres de fantasía». Camina con torpeza por culpa de los zapatos pequeños y de tacones altos, y siempre está más o menos preocupada por su ropa. Mientras está sentada en la mesa, no deja de decirle a su hija menor «ten cuidado de no dejar caer nada encima de mamá».

La conversación en la mesa se desarrollaba toda en inglés. La mujer de Oscar, de la región pantanosa de Missouri, se avergonzaba de haberse casado con un extranjero y sus hijos no entendían una sola palabra de sueco. Annie y Lou hablan a veces en sueco en su casa, pero Annie tiene casi tanto miedo de que la «pillen» como su madre de que la pillaran descalza. Oscar sigue teniendo un fuerte acento, pero Lou habla como un natural de Iowa.

–Cuando estuve en Hastings para asistir a la convención –decía Lou–, vi al superintendente del asilo y le hablé de los síntomas de Ivar. Dice que el caso de Ivar es de los más peligrosos y que es un milagro que aún no haya hecho nada violento.

Alexandra rió jovialmente.

–¡Oh, bobadas, Lou! Los médicos nos declararían locos a todos si pudieran. Ivar es raro, desde luego, pero tiene más sentido común que la mitad de los peones a los que contrato.

Lou atacó su plato de pollo frito.

–Oh, yo creo que el médico conoce su oficio, Alexandra. Se sorprendió mucho cuando le hablé de todo lo que consientes a Ivar. Dice que seguramente le prenderá fuego al establo cualquier noche de éstas, o que os perseguirá a las chicas o a ti con un hacha.

La pequeña Signa, que estaba sirviendo en la mesa, soltó una risita y salió corriendo hacia la cocina. Los ojos de Alexandra lanzaron chispas.

–Eso ha sido demasiado para Signa, Lou. Todos sabemos

que Ivar es completamente inofensivo. Es tan poco capaz de perseguir a las chicas con un hacha como yo misma.

Lou enrojeció y señaló a su mujer.

–De todas formas, los vecinos no tardarán mucho en meter baza. Podría quemar el establo de algún otro. Bastaría con que uno de los propietarios de la ciudad se quejara para que se lo llevaran por la fuerza. Sería mejor que lo enviaras tú misma; evitarías resquemores.

Alexandra sirvió salsa a uno de sus sobrinitos.

–Bueno, Lou, si alguno de los vecinos intenta hacer semejante cosa, haré que me nombren tutora legal de Ivar y llevaré su caso a los tribunales, eso es todo. Estoy plenamente satisfecha con él.

–Pasa la confitura, Lou –dijo Annie con tono de advertencia. Tenía sus razones para no desear que su marido se enfrentara con Alexandra abiertamente–. Pero ¿no te molesta que la gente lo vea rondando por aquí, Alexandra? –añadió con suave tono persuasivo–. Realmente da vergüenza verlo, y ahora lo tienes todo tan bien arreglado. Hace que la gente guarde las distancias contigo, porque no saben nunca cuándo van a oírle escarbando por ahí. Mis niñas le tienen un miedo de muerte, ¿no es cierto, Milly, querida?

Milly tenía quince años y era una jovencita gruesa y jovial; llevaba un moño alto, tenía la piel lechosa, dientes blancos y regulares y el labio superior corto. Se parecía a la abuela Bergson, y tenía su mismo carácter cómodo y amante de la comodidad. Milly sonrió a su tía, con la que se sentía mucho más a gusto que con su madre. Alexandra le respondió con un guiño.

–Milly no ha de tener miedo de Ivar. Es su preferida. En mi opinión, Ivar tiene tanto derecho a vestir y pensar a su manera como nosotros a la nuestra. Pero me aseguraré de que no moleste a nadie. No le dejaré salir de la propiedad, así que, no te preocupes más por él, Lou. Quería preguntarte por tu bañera nueva. ¿Qué tal funciona?

Annie se apresuró a contestar para dar tiempo a Lou de recobrarse.

–¡Oh, funciona espléndidamente! No hay forma de sacarlo de ahí. Ahora se baña entero tres veces a la semana y gasta toda el agua caliente. Creo que se debilita uno quedándose dentro tanto rato como se queda él. Deberías comprarte una, Alexandra.

–Me lo estoy pensando. Puede que le instale una a Ivar en el establo, si eso sirve para apaciguar a la gente. Pero antes de comprar una bañera, voy a comprar un piano para Milly.

Al otro extremo de la mesa, Oscar alzó la vista del plato.

–¿Para qué quiere Milly un piano? ¿Qué tiene de malo su órgano? Eso sí que le servirá, y podrá tocar en la iglesia.

Annie se puso nerviosa. Le había rogado a Alexandra que no dijera nada de aquello delante de Oscar, que solía tener celos de todo lo que su hermana hacía por los hijos de Lou. Alexandra no se llevaba nada bien con la mujer de Oscar.

–Milly puede tocar en la iglesia igualmente, y seguirá tocando el órgano. Pero practicar tanto con él le estropea el toque. Lo dice su profesor –adujo Annie con viveza.

Oscar puso los ojos en blanco.

–Bueno, Milly debe de hacerlo muy bien para que ya no

le baste con el órgano. Conozco a muchos adultos que no pasan de ahí.

Annie echó hacia atrás la cabeza.

–Lo hace muy bien, y tocará en la ceremonia de entrega de diplomas cuando se gradúe en la ciudad el año que viene.

–Sí –dijo Alexandra con firmeza–, creo que Milly merece un piano. Todas las chicas de por aquí llevan años recibiendo clases, pero Milly es la única que sabe tocar algo cuando se lo pides. Te diré cuándo pensé por primera vez en regalarte un piano, Milly, fue cuando te aprendiste aquel libro de viejas canciones suecas que solía cantar tu abuelo. Recuerdo habérselas oído cantar con los marineros en el astillero, cuando yo no era mayor que Stella –señaló a la hija menor de Annie.

Milly y Stella se asomaron a la puerta de la sala de estar, donde colgaba un retrato de John Bergson a lápices de colores. Alexandra había mandado hacerlo de una pequeña fotografía tomada para los amigos poco antes de abandonar Suecia; se veía a un hombre delgado, de treinta y cinco años, con suaves cabellos rizados en torno a la amplia frente, bigotes caídos, y ojos tristes y sorprendidos que miraban hacia lo lejos, como si contemplaran ya el Nuevo Mundo.

Después de comer, Lou y Oscar se fueron al huerto a recoger cerezas –ninguno de los dos tenía la paciencia suficiente para cultivar un huerto propio– y Annie bajó a la cocina para cotillear con las criadas de Alexandra mientras fregaban los platos. Siempre descubría más cosas sobre la economía doméstica de Alexandra por medio de las parlan-

chinas criadas que por ella misma, y lo que descubría lo utilizaba en beneficio propio con Lou. En el Divide, las hijas
de los granjeros ya no servían, así que Alexandra se traía las
criadas de Suecia, pagándoles el viaje. Se quedaban con ella
hasta que se casaban, y las reemplazaban sus hermanas o
primas.

Alexandra se llevó a sus tres sobrinas al jardín. Sentía un
gran cariño por las tres niñas, sobre todo por Milly, que
pasaba una semana con su tía de vez en cuando, y le leía los
viejos libros que había por la casa, o escuchaba historias
sobre los primeros tiempos en el Divide. Mientras paseaban
entre los macizos de flores, una calesa subió por la colina y
se detuvo frente a la verja. Un hombre se apeó y habló con
el conductor. Las niñas estaban encantadas con la llegada
de un desconocido, alguien que venía de muy lejos, como
delataban sus ropas, sus guantes y su oscura barba puntiagu-
da. Las niñas se rezagaron y lo observaron desde el macizo
de ricinos. El desconocido se acercó a la verja y sonrió con el
sombrero en la mano, mientras Alexandra avanzaba lentamente a su encuentro. Cuando se acercó, el desconocido le
habló en voz baja y agradable.

–¿No me conoces, Alexandra? Yo te habría reconocido a
ti en cualquier parte.

Alexandra se protegió los ojos con la mano. De repente
dio un rápido paso hacia delante.

–¿Será posible? –exclamó ella con emoción–. ¿Será posible que seas Carl Linstrum? ¡Sí, eres Carl! –Extendió ambas
manos por encima de la verja para coger las de él–. Sadie,
Milly, corred a decirle a vuestro padre y al tío Oscar que

nuestro viejo amigo Carl Linstrum está aquí. ¡Daos prisa! Bueno, Carl, ¿cómo es esto? ¡No me lo puedo creer! –Alexandra se secó las lágrimas de los ojos y rió.

El desconocido hizo un gesto con la cabeza a su conductor, dejó caer la maleta al otro lado de la cerca y abrió la verja.

–Entonces, ¿te alegras de verme y puedo pasar la noche en tu casa? No podía pasar por aquí sin detenerme y echarte un vistazo. ¡Qué poco has cambiado! ¿Sabes?, estaba seguro de que sería así. Sencillamente no podías ser distinta. ¡Qué bien estás! –Dio un paso hacia atrás y la miró con admiración.

Alexandra se ruborizó y volvió a reír.

–Pero tú, Carl… con esa barba, ¿cómo querías que te reconociera? No eras más que un muchacho cuando te fuiste. –Alargó la mano para coger la maleta y, cuando él se adelantó, Alexandra levantó las manos expresivamente–. ¿Te das cuenta? Yo misma me delato. Sólo vienen mujeres a visitarme, y no sé cómo comportarme. ¿Dónde tienes el baúl?

–Está en Hanover. Sólo puedo quedarme unos días. Voy de camino a la costa.

Enfilaron el sendero hacia la casa.

–¿Unos cuantos días? ¡Después de todos estos años! –Alexandra agitó el dedo, señalándolo–. Mira, te has metido en una trampa y no saldrás tan fácilmente. –Le puso una mano sobre el hombro afectuosamente–. Me debes una visita por los viejos tiempos. ¿Para qué vas a la costa, además?

–¡Oh, tengo que ir! Voy en busca de fortuna. Desde Seattle partiré hacia Alaska.

–¿Alaska? –Alexandra lo miró con asombro–. ¿Vas a pintar a los indios?

–¿Pintar? –Carl frunció el entrecejo–. ¡Oh! No soy pintor, Alexandra. Soy grabador. No tengo nada que ver con la pintura.

–Pero en la pared del salón tengo los cuadros...

Carl la interrumpió con nerviosismo.

–Oh, no son más que esbozos con acuarelas que hacía por diversión. Te los envié para que me recordaras, no porque fueran buenos. Qué lugar tan hermoso has hecho de todo esto, Alexandra. –Se volvió y contempló el vasto panorama semejante a un mapa de campos, setos y pastos–. Jamás hubiera creído que fuera posible. Mis propios ojos, mi imaginación, se han desengañado.

En aquel momento Lou y Oscar subían por la colina desde el huerto. No avivaron el paso al ver a Carl, de hecho, no miraron abiertamente en aquella dirección. Avanzaron con desconfianza y como si desearan que la distancia fuera mayor.

Alexandra les hizo señas.

–Creen que intento engañarles. ¡Venid, chicos, es Carl Linstrum, nuestro viejo Carl!

Lou lanzó al visitante una larga mirada de soslayo y le ofreció la mano.

–Me alegro de verte. –Oscar le imitó con un «¿Qué tal estás?». Carl no pudo discernir si era hostilidad o azoramiento la causa de su reserva. Él y Alexandra encabezaron la marcha hacia el porche.

–Carl –explicó Alexandra– va de camino a Seattle. De ahí seguirá hasta Alaska.

Oscar observó los zapatos amarillos del visitante.

–¿Tienes negocios allí? –preguntó.

Carl se echó a reír.

–Sí, negocios urgentes. Voy allí para hacerme rico. La de grabador es una profesión muy interesante, pero uno no hace dinero con ella. Así que voy a probar los campos auríferos.

Alexandra tuvo la impresión de que aquélla era una respuesta diplomática y Lou alzó la vista con cierto interés.

–¿Habías hecho antes algo parecido?

–No, pero voy a reunirme con un amigo que dejó Nueva York para intentarlo y le ha ido bien. Me ha ofrecido introducirme en el negocio.

–Los inviernos son terriblemente fríos, según he oído –comentó Oscar–. Creía que la gente se iba allí en primavera.

–En efecto. Pero mi amigo va a pasar el invierno en Seattle y yo me quedaré allí con él y aprenderé algo sobre prospecciones antes de partir hacia el norte el año que viene.

–Veamos –dijo Lou con escepticismo–, ¿cuánto hace que te fuiste de aquí?

–Dieciséis años. Deberías recordarlo, Lou, porque te casaste justo después de que me marchara.

–¿Te quedarás con nosotros algún tiempo? –preguntó Oscar.

–Unos cuantos días, si Alexandra puede darme alojamiento.

–Supongo que querrás ver tu antigua granja –comentó

Lou con algo más de cordialidad–. No la reconocerás. Aunque aún quedan unos cuantos trozos de tu vieja casa de tierra. Alexandra no ha permitido jamás a Frank Shabata que arara por encima.

Annie Lee, que, desde que se había anunciado la llegada del visitante, no había dejado de retocarse el peinado, arreglarse los encajes y desear haberse puesto otro vestido, apareció entonces con sus tres hijas y las presentó. Le impresionó mucho el aspecto de hombre de ciudad de Carl, y la emoción le hizo hablar muy alto, moviendo la cabeza.

–¿Y aún no te has casado? ¡A tu edad! ¡Figúrate! Tendrás que esperar a Milly. Sí, también tenemos un chico. El menor. Está en casa con su abuela. Tienes que venir a ver a madre y oír tocar a Milly. Es el músico de la familia. También hace pirograbados. Con madera quemada, ¿sabes? Es increíble lo que puede hacer con el atizador. Sí, va al colegio en la ciudad, y es dos años más joven que todos los demás de su clase.

Milly parecía abochornada y Carl volvió a cogerle la mano. Le gustaban su piel lechosa y sus ojos felices e inocentes, y la notaba consternada por la forma de hablar de su madre.

–Estoy seguro de que es una muchacha muy inteligente –musitó, mirándola pensativamente–. Veamos… Ah, es a tu madre a quien se parece, Alexandra. La señora Bergson debió de ser igual que ella cuando era joven. ¿Anda Milly correteando por ahí como hacíamos Alexandra y yo, Annie?

–¡Oh, Dios mío, no! –exclamó tajantemente la madre

de Milly–. Las cosas han cambiado desde que nosotras éramos jóvenes. Milly lleva una vida muy diferente. Vamos a arrendar la granja y nos mudaremos a la ciudad en cuanto las chicas tengan edad suficiente de empezar a salir. Muchos por aquí hacen lo mismo ahora. Lou va a meterse en negocios.

Lou sonrió.

–Eso dice ella. Será mejor que vayas a por tus cosas. Ivar está enganchando los caballos –añadió, volviéndose hacia Annie.

Los granjeros jóvenes no suelen dirigirse a sus mujeres por el nombre. Siempre dicen «tú» o «ella».

Después de librarse de su mujer, Lou se sentó en el escalón y empezó a tallar un pedazo de madera.

–Bueno, ¿y qué piensa la gente en Nueva York de William Jennings Bryan? –Lou empezó a bravuconear, como siempre que hablaba de política–. Le dimos un buen susto a Wall Street en el noventa y seis, ya lo creo, y les estamos preparando otro. La plata no era el único problema. –Asintió con aire misterioso–. Son muchas las cosas que se han de cambiar. El Oeste hará oír su voz.

Carl se echó a reír.

–Desde luego eso, al menos, ya lo ha conseguido.

El rostro flaco de Lou enrojeció hasta las raíces de sus hirsutos cabellos.

–Oh, no hemos hecho más que empezar. Estamos adquiriendo el sentido de nuestra responsabilidad, y no tenemos miedo. Vosotros los de por allí debéis de estar domesticados. Si tuvierais agallas os juntaríais todos para marchar contra Wall Street y volarlo. Con dinamita, quiero decir —añadió, con una amenazadora inclinación de cabeza.

Hablaba con tal seriedad que Carl no supo qué responderle.

—Sería malgastar pólvora. El mismo negocio seguiría en otra calle. La calle no importa. Pero ¿de qué os quejáis los de aquí? Tenéis el único lugar seguro que hay. Ni el propio Morgan podría tocaros. Sólo hay que atravesar la región para darse cuenta de que sois tan ricos como magnates.

—Tenemos muchas más cosas que decir que cuando éramos pobres —dijo Lou amenazadoramente—. Estamos descubriendo muchas cosas.

Cuando Ivar se aproximó a la verja conduciendo un carruaje doble, Annie salió de la casa con un sombrero que parecía una maqueta de un navío de guerra. Carl se levantó y la acompañó hasta el carruaje, mientras que Lou se quedaba con su hermana para hablar con ella.

—¿A qué crees que ha venido? —preguntó, señalando la verja con la cabeza.

—Pues a hacernos una visita. Hace años que se lo pido.

Oscar miró a Alexandra.

—¿No te había avisado de que venía?

—No. ¿Para qué? Le había dicho que viniera cuando quisiese.

Lou se encogió de hombros.

—No parece que haya prosperado mucho. ¡Ir de un lado a otro de esa manera!

Oscar habló con solemnidad, como si su voz surgiera de las profundidades de una caverna.

–Nunca valió gran cosa.

Alexandra los dejó y se dirigió presurosa hacia la verja, donde Annie seguía abrumando a Carl con su cháchara sobre el nuevo mobiliario de su comedor.

–Tienes que traer al señor Linstrum a casa muy pronto, pero no te olvides de telefonearme primero –dijo en voz alta a Alexandra, mientras Carl la ayudaba a subir al carruaje. El viejo Ivar, con la blanca cabeza descubierta, sujetaba los caballos. Lou bajó por el sendero y se encaramó al asiento delantero, empuñó las riendas y partió sin decir nada más. Oscar cogió en brazos a su hijo menor y se alejó caminando pesadamente por la carretera, seguido de los otros tres chicos al trote. Carl abrió la verja para Alexandra y se echó a reír.

–Lo más prometedor del Divide, ¿eh, Alexandra? –exclamó alegremente.

IV

Carl, según la impresión de Alexandra, había cambiado mucho menos de lo que cabría esperar. No se había convertido en un ufano y elegante hombre de ciudad. Seguía teniendo un cierto aire sencillo, díscolo y definitivamente personal. Incluso sus ropas, su abrigo Norfolk y sus cuellos altos eran poco convencionales. Parecía encerrarse en sí mismo como solía hacer; se mantenía al margen de las cosas, como si temiera salir herido. En resumidas cuentas, se mostraba más cohibido de lo que podía esperarse en un hombre de treinta y cinco años. Parecía más viejo y no demasiado fuerte. Sus negros cabellos, que seguían formando un triángulo sobre la frente pálida, raleaban en la coronilla y tenía unas finas e implacables arrugas alrededor de los ojos. Su espalda, con los hombros altos y angulosos, parecía la de un agotado profesor de alemán de vacaciones. Tenía una expresión inteligente, sensible, triste.

Aquella noche, después de cenar, Carl y Alexandra estaban sentados junto al macizo de ricinos en medio del jardín.

Los senderos de grava brillaban a la luz de la luna y debajo se extendían los campos blancos y callados.

–¿Sabes, Alexandra? –decía él–, he estado pensando en la forma tan extraña en que suceden las cosas. Yo me he dedicado a grabar los cuadros de otros hombres y tú te has quedado aquí a hacer tu propio cuadro. –Señaló el paisaje dormido con su cigarro–. ¿Cómo lo has hecho? ¿Cómo lo han hecho tus vecinos?

–Ninguno de nosotros ha tenido mucho que ver con ello, Carl. Lo hizo todo la tierra. Fue su pequeña broma. Fingió ser pobre porque nadie sabía cómo trabajarla bien, y luego, de repente, se trabajó sola, y era tan grande, tan rica, que de pronto descubrimos que éramos ricos sólo por quedarnos sentados y quietos. En cuanto a mí, recuerda cuando empecé a comprar tierras. Estuve varios años siempre apurada y pidiendo prestado hasta que me dio vergüenza aparecer por los bancos. Y luego, de repente, venían ellos a mí ofreciéndose a prestarme dinero, ¡y no lo necesitaba! Después construí esta casa. En realidad la construí para Emil. Quiero que veas a Emil, Carl. ¡Es tan diferente del resto de nosotros!

–¿En qué es diferente?

–¡Oh, ya lo verás! Estoy segura de que padre dejó nuestro país para tener hijos como Emil y para darles una oportunidad. Eso también es curioso; por fuera Emil es como cualquier chico americano, se licenció en la universidad estatal en junio, ¿sabes?, pero por dentro es más sueco que cualquiera de nosotros. A veces se parece tanto a padre que me asusta; tanta es la fuerza de sus sentimientos.

–¿Se va a ocupar de las tierras contigo?

–Hará lo que quiera hacer –declaró Alexandra con vehemencia–. Va a tener su oportunidad, la mejor; para eso he
trabajado. A veces habla de estudiar derecho y, a veces, últimamente, habla de ir a las colinas arenosas y comprar más
tierra. Tiene sus momentos de melancolía, como padre.
Pero espero que no lo haga. ¡Tenemos ya suficiente tierra,
por fin! –Alexandra rió.

–¿Qué me dices de Lou y Oscar? Les ha ido bien, ¿verdad?

–Sí, muy bien, pero ellos son diferentes, y ahora que tienen granjas propias no los veo mucho. Dividimos las tierras
a partes iguales cuando Lou se casó. Ellos hacen las cosas a
su modo, y me temo que no les gusta nada en absoluto mi
manera de hacerlas. Tal vez me consideran demasiado
independiente. Pero he tenido que pensar por mi cuenta
muchos años y no es probable que ahora cambie. Sin embargo, en general nos llevamos tan bien como la mayoría de hermanos. Y le tengo mucho cariño a la hija mayor de Lou.

–Creo que Lou y Oscar me gustaban más antes, y seguramente ellos opinan lo mismo de mí. Incluso creo, guárda-
me el secreto –Carl se inclinó hacia ella y le tocó el brazo,
sonriente–, incluso creo que esta tierra me gustaba más
antes. Ahora es todo espléndido a su manera, pero este país
tenía un algo especial cuando era la vieja bestia salvaje que
me ha obsesionado durante todos estos años. Ahora, al volver y encontrarme que es todo leche y miel, me siento como
en la vieja canción alemana, *Wo bist du, wo bist du, mein gelieb-
test Land?** ¿Te sientes tú así alguna vez?

---

* «¿Dónde estás, dónde estás, mi queridísima tierra?»

–Sí, algunas veces, y cuando pienso en padre y madre y en todos los que se han ido; tantos de nuestros antiguos vecinos… –Alexandra hizo una pausa y miró pensativa las estrellas–. Aún recordamos cuando el cementerio era una pradera, Carl y ahora…

–Y ahora la vieja historia ha empezado a escribirse sola –dijo Carl en voz baja–. No es extraño: sólo hay dos o tres historias humanas, y se repiten una y otra vez con tanta intensidad como si no hubieran ocurrido nunca antes; son como las alondras de este país, han estado cantando las mismas cinco notas durante miles de años.

–¡Oh, sí! Para los jóvenes es muy difícil. Y, sin embargo, a veces los envidio. Ahí tienes a mi vecina, la que compró tus antiguas tierras. No se las habría vendido a nadie más, pero siempre tuve afecto a esa chica. Seguro que la recuerdas, es la pequeña Marie Tovesky, la que solía venir de Omaha a visitarnos. Cuando tenía dieciocho años se fugó de la escuela del convento y se casó, ¡la muy tonta! Vino convertida en recién casada con su padre y su marido. Él no tenía nada y el viejo estaba dispuesto a comprarles una granja donde pudieran establecerse. A ella le gustó la tuya y yo me alegré de tenerla tan cerca. Nunca lo he lamentado. Incluso intento llevarme bien con Frank por ella.

–¿Frank es su marido?

–Sí, es uno de esos tipos violentos. La mayoría de bohemios son de buen talante, pero supongo que Frank cree que aquí no lo apreciamos. Está celoso de todo, de su granja, de sus caballos y de su hermosa mujer. Ella cae bien a todo el mundo, igual que cuando era pequeña. A veces voy a la iglesia católica con Emil y es divertido ver a Marie riendo y estrechando la mano a la gente, siempre tan animada y alegre, y a Frank detrás de ella con cara de pocos amigos, como si quisiera comérselos a todos. Frank no es un mal vecino, pero para estar a buenas con él tienes que tratarlo de un modo especial y actuar siempre como si creyeras que es una persona muy importante y distinta de los demás.

—No habría imaginado que se te dieran bien ese tipo de cosas, Alexandra. —Daba la impresión de que a Carl la idea le parecía divertida.

—Bueno —dijo Alexandra con firmeza—, lo hago lo mejor que puedo, por Marie. De todas formas, no lo tiene nada fácil. Es demasiado joven y hermosa para esta clase de vida. Los demás somos más viejos y lentos. Pero es de esas personas que no se deja abatir fácilmente. Es capaz de trabajar todo el día, ir a una boda bohemia y bailar toda la noche, y conducir el carro de heno para un hombre malhumorado al día siguiente. Yo aguantaba bien el trabajo, pero nunca tuve el empuje que ella tiene, ni en mis mejores momentos. Tengo que llevarte a verla mañana.

Carl dejó caer la colilla del cigarro entre los ricinos y suspiró.

—Sí, supongo que he de ver mi antigua casa. Soy un cobarde para las cosas que me recuerdan a mí mismo. Necesité mucho valor para venir aquí, Alexandra. No lo habría hecho de no ser porque tenía muchas, muchísimas ganas de verte.

Alexandra lo miró con sus ojos tranquilos y reflexivos.

–¿Por qué te dan miedo esas cosas, Carl? –le preguntó con voz seria–. ¿Por qué estás descontento contigo mismo?

Su visitante pestañeó.

–¡Qué directa eres, Alexandra! Siempre lo has sido. ¿Tan pronto me he delatado? Bueno, verás, la razón es que no tengo nada que esperar en mi profesión. El grabado en madera es lo único que me gusta, y eso se acabó antes incluso de empezar. Hoy en día todo se hace en metal barato, retocando espantosas fotografías, forzando dibujos malos y estropeando otros buenos. Estoy harto de todo eso. –Carl frunció el entrecejo–. Alexandra, durante todo el trayecto desde Nueva York hasta aquí he estado planeando cómo engañarte y hacer que me consideraras un hombre envidiable, y aquí estoy, contándote la verdad la primera noche. Pierdo mucho tiempo fingiendo y lo irónico del caso es que no creo que jamás engañe a nadie. Somos muchos los de mi clase; la gente nos reconoce a primera vista.

Carl hizo una pausa. Alexandra se apartó el pelo de la frente con un gesto perplejo, pensativo.

–Mira –prosiguió él con calma–, midiéndome por vuestro patrón, soy un fracaso. Ni siquiera podría comprar uno de tus campos de maíz. He disfrutado de muchas cosas, pero no les he sacado ningún provecho.

–Te han aprovechado a ti, Carl. Yo habría preferido tu libertad a mis tierras.

Carl meneó la cabeza con pesar.

–La libertad significa muy a menudo que a uno no lo necesitan en ninguna parte. Aquí tú eres una persona individual, tienes unas raíces, te echarían de menos. Pero en las ciudades hay miles de desarraigados como yo. Todos somos iguales; no tenemos vínculos, no conocemos a nadie, no poseemos nada. Cuando uno de nosotros muere, ni siquiera saben dónde enterrarlo. Nuestra casera y el dueño de la charcutería son los únicos que lamentan nuestra muerte, y no dejamos nada más que una levita y un violín, o un caballete, o una máquina de escribir, o cualquier otra herramienta con la que nos ganáramos la vida. Nuestro único logro es pagar el alquiler, el alquiler exorbitante que uno ha de pagar por unos pocos metros cuadrados cerca del meollo de las cosas. No tenemos casa, ni allegados. Vivimos en la calle, en los parques, en los teatros. Vamos a restaurantes y conciertos, miramos a nuestro alrededor y vemos a centenares de personas iguales a nosotros, y sentimos escalofríos.

Alexandra guardó silencio. Contempló la mancha plateada que dejaba la luna sobre la superficie del estanque, abajo, en el pasto. Él sabía que le entendía. Finalmente, ella dijo lentamente:

—Y sin embargo, habría preferido que Emil creciera así y no como sus hermanos. También nosotros pagamos un alto precio, aunque lo paguemos de manera distinta. Aquí nos hacemos duros y pesados. No nos movemos con ligereza y agilidad como vosotros, y nuestras mentes se vuelven rígidas. Si el mundo no fuera más allá de mis maizales, si no hubiera algo más aparte de esto, sentiría que no ha valido la pena trabajar tanto. No, prefiero que Emil sea como tú y no como ellos. Lo he pensado nada más verte.

—¿Por qué te sientes así? —preguntó Carl.

—No lo sé. Quizá sea como Carrie Jensen, la hermana de

uno de mis peones. Nunca había ido más allá de los maizales, y hace unos cuantos años empezó a sentirse abatida y a decir que la vida era siempre igual y que no le encontraba sentido. Después de un par de intentos de suicidio, su familia se preocupó y la envió a Iowa a visitar a unos parientes. Desde entonces, siempre que vuelve está alegre y dice que le satisface vivir y trabajar en un mundo tan grande e interesante. Dice que algo tan grande como los puentes sobre el río Platte y el río Missouri la han reconciliado con el mundo. Y es lo que ocurre en el mundo lo que me reconcilia a mí con él.

V

Alexandra no encontró el momento para visitar a la vecina al día siguiente, ni tampoco al otro. Era una temporada de ajetreo en la granja, ya que se estaban arando los maizales, e incluso Emil salía al campo con un tiro de animales y la cultivadora. Carl recorrió las tierras con Alexandra por la mañana, y por la tarde y por la noche tuvieron muchas cosas de que hablar. Emil, pese a practicar el atletismo, no resistía bien el trabajo del campo, y por la noche estaba demasiado cansado para hablar, o incluso para practicar con la corneta.

El miércoles por la mañana, Carl se levantó antes del alba, bajó las escaleras sigilosamente y salió por la puerta de la cocina cuando el viejo Ivar se estaba lavando junto a la bomba del agua. Carl lo saludó con una inclinación de cabeza y subió a toda prisa por la cañada, pasó junto al huerto y llegó al pasto donde solían apacentar las vacas lecheras.

Al este, el amanecer parecía la luz de un gran fuego que ardiera bajo el borde del mundo. El color se reflejaba en las gotas de rocío que recubrían la corta hierba gris del pasto. Carl caminó rápidamente hasta llegar a la cima de la segunda colina, donde el pasto de los Bergson se juntaba con el que había pertenecido a su padre. Allí se sentó y esperó a que saliera el sol. Era justo allí donde Alexandra y él solían ordeñar juntos a las vacas, cada uno de su lado de la cerca. Recordaba con exactitud el aspecto de Alexandra cuando llegaba caminando por la hierba recortada, con la falda recogida en la cintura, la cabeza descubierta y un reluciente cubo de estaño en cada mano, rodeada por la luz lechosa del amanecer. Aun siendo un muchacho, había tenido a menudo la impresión, al verla llegar con su paso firme, la cabeza alzada y los hombros relajados, de que parecía surgir directamente de la mañana misma. Desde entonces, siempre que veía la salida del sol en el campo o sobre el agua, recordaba a la joven sueca y sus cubos para ordeñar.

Carl estuvo sentado cavilando hasta que el sol se elevó sobre la pradera y en la hierba que lo rodeaba todas las pequeñas criaturas diurnas empezaron a afinar sus instrumentos diminutos. Innumerables pájaros e insectos empezaron a piar, gorjear, chirriar y silbar, haciendo todo tipo de límpidos sonidos agudos. El pasto estaba bañado en luz; todos los macizos de rompezaragüelles y euforbias arrojaban una larga sombra, y la luz dorada parecía rizarse sobre la hierba crespa como una apresurada marea.

Cruzó la cerca para entrar en el pasto que ahora pertenecía a los Shabata y siguió caminando hacia el estanque. No obstante, no había llegado muy lejos cuando descubrió que no estaba solo. Abajo, en la cañada, empuñando su rifle, estaba Emil, que avanzaba cautelosamente acompañado por una mujer joven. Se movían en silencio, manteniéndose juntos, y Carl comprendió que esperaban encontrar patos en el estanque. En el momento en que llegaron a la vista de la reluciente mancha de agua, Carl oyó un batir de alas y los patos levantaron el vuelo. El rifle emitió un chasquido seco y cinco de los patos cayeron a tierra. Emil y su compañera rieron con deleite y Emil corrió a recogerlos. Cuando volvió con los animales colgando de las patas, Marie levantó su delantal y él los dejó caer encima. Al mirarlos, el rostro de ella cambió. Cogió uno de los patos, una bola arrugada de plumas con la sangre cayendo lentamente del pico, y observó el vivo color encendido aún en su plumaje.

Lo dejó caer y exclamó, angustiada:

—Oh, Emil, ¿por qué lo has hecho?

—¡Me gusta! —exclamó él con indignación—. Oye, Marie, has sido tú la que me ha pedido venir.

—Sí, sí, lo sé —dijo ella, llorosa—, pero lo he dicho sin pensar. Detesto verlos cuando les acaban de disparar. Se lo estaban pasando muy bien y ahora nosotros lo hemos estropeado.

Emil soltó una amarga carcajada.

—¡Ya lo creo! No voy a salir a cazar contigo nunca más. Eres tan pesada como Ivar. Venga, deja que los lleve yo. —Cogió los patos del delantal—. De acuerdo —dijo—, siento haber hecho que te sintieras mal. —Cuando miró los ojos llorosos, había una curiosa e intensa amargura en los suyos.

Carl los contempló mientras ellos seguían bajando lentamente por la cañada. No lo habían visto. No había podido oír gran cosa del diálogo, pero había captado su significado. Sin saber por qué, encontrar a dos jóvenes en el pasto a aquella hora temprana hizo que se sintiera injustificadamente acongojado. Decidió que necesitaba desayunar.

VI

Aquel mismo día, durante la comida, Alexandra dijo que creía que debían hacer un esfuerzo por ir a ver a los Shabata por la tarde.

–No suelo dejar pasar tres días sin ver a Marie. Pensará que la he abandonado ahora que ha vuelto mi viejo amigo.

Cuando los hombres se fueron a trabajar, Alexandra se puso un vestido blanco y un sombrero para el sol y partió con Carl a campo traviesa.

–Verás que hemos conservado el viejo sendero, Carl. Ha sido muy agradable para mí sentir que volvía a tener un amigo al otro lado.

Carl sonrió un poco pesaroso.

–De todas formas, espero que no haya sido lo mismo.

Alexandra lo miró sorprendida.

–Bueno, no, claro que no. No ha sido igual. Mal podía ella ocupar tu lugar, si es a eso a lo que te refieres. Soy sociable con todos mis vecinos, espero; pero Marie es una auténtica amiga, alguien con quien puedo hablar con toda franqueza.

No querrías que estuviera más sola de lo que ya he estado, ¿verdad?

Carl rió y se echó hacia atrás el mechón de pelo triangular con el borde del sombrero.

–Pues claro que no. Debería sentirme agradecido porque el sendero no lo hayan usado… bueno, amigos con asuntos más apremiantes que los que seguramente tendrá tu pequeña bohemia. –Hizo una pausa para dar la mano a Alexandra, ayudándola a pasar al otro lado de la cerca por los escalones–. ¿Te ha decepcionado un poco el modo en que hemos vuelto a estar juntos? –preguntó bruscamente–. ¿Es así como lo esperabas?

Alexandra sonrió al oírle.

–Mejor. Cuando pensaba en tu vuelta, a veces tenía un poco de miedo. Tú has vivido donde las cosas se mueven muy deprisa, y aquí todo es lento, y la gente más. Nuestras vidas son como los años, hechas del clima, las cosechas y las vacas. ¡Cómo aborrecías las vacas! –Meneó la cabeza y rió para sí.

–No las aborrecía cuando las ordeñábamos juntos. Esta mañana he subido a los pastos. No sé si algún día seré capaz de contarte todo lo que he pensado allá arriba. Es extraño, Alexandra; me resulta fácil ser sincero contigo sobre todo lo que hay bajo el sol, excepto… ¡tú misma!

–Tal vez tienes miedo de herir mis sentimientos. –Alexandra lo miró con aire pensativo.

–No, tengo miedo de que sufras una conmoción. Has estado tanto tiempo viéndote a ti misma en las mentes abotargadas de la gente que te rodea, que si te dijera lo que me pareces a mí, te sobresaltarías. Pero seguro que te das cuenta de que me asombras. Seguro que notas cuando la gente te admira.

Alexandra se sonrojó y rió con cierta turbación.

–Me he dado cuenta de que te gusto, si es eso lo que quieres decir.

–¿Y te has dado cuenta cuando has gustado a otras personas? –insistió él.

–Bueno, a veces. Los hombres de la ciudad, en los bancos y en las oficinas de la administración, parecían alegrarse de verme. Yo también creo que es más agradable hacer negocios con personas limpias y de aspecto saludable –admitió con indiferencia.

Carl rió entre dientes al abrir la verja de los Shabata para que ella entrara.

–¿Ah, sí? –preguntó secamente.

No había signos de vida en la casa de los Shabata, excepto un enorme gato amarillo que tomaba el sol en el escalón de entrada a la cocina.

Alexandra enfiló el sendero que conducía al huerto.

–Se va allí a menudo a coser. No la he llamado por teléfono para avisarla de que veníamos porque no quería que se pusiera a hacer pasteles y helados caseros. Siempre está dispuesta a hacer una fiesta, si le das la menor excusa. ¿Reconoces los manzanos, Carl?

Linstrum miró a su alrededor.

–Ojalá tuviera un dólar por cada cubo de agua que he acarreado para estos árboles. Pobre padre, era un hombre afable, pero absolutamente implacable cuando se trataba de regar el huerto.

–Eso es algo que me gusta de los alemanes; siempre consiguen hacer crecer un huerto, aunque no consigan nada más. Me alegro mucho de que estos árboles pertenezcan a alguien a quien le gusten. Cuando alquilé la granja, los arrendatarios no cuidaban el huerto, y Emil y yo solíamos venir para ocuparnos de él. Ahora se ha de segar. Allí está, en aquella esquina. ¡Ma-rie-e-e! –gritó.

Una figura recostada en la hierba se levantó y echó a correr hacia ellos, atravesando la oscilante cortina de luces y sombras.

–¡Fíjate en ella! ¿Verdad que es como un pequeño conejito marrón? –Alexandra rió.

Marie llegó corriendo y jadeando y abrazó a Alexandra.

–Oh, empezaba a pensar que a lo mejor no vendrías. Sabía que estabas muy ocupada. Sí, Emil me ha contado lo del señor Linstrum. ¿No queréis entrar en casa?

–¿Por qué no nos sentamos aquí, en tu rincón? Carl quiere ver el huerto. Él mantuvo vivos estos árboles durante años, regándolos con sus propias manos.

–Entonces le estoy agradecida, señor Linstrum –dijo Marie, volviéndose hacia Carl–. No habría comprado este lugar de no ser por el huerto, y entonces tampoco habría tenido a Alexandra. –Apretó un poco el brazo de Alexandra mientras caminaba junto a ella–. Qué bien huele tu vestido, Alexandra; has puesto hojas de romero en el armario, como te dije.

Los condujo a la esquina noroeste del huerto, protegida a un lado por un espeso seto de moreras y bordeada al otro por un campo de trigo que empezaba justamente a amarillear. En aquella esquina, el terreno se hundía un poco y la hierba para forraje, que la maleza había desterrado de la parte alta del huerto, crecía en abundancia. Las rosas silvestres refulgían entre las matas de tallo azul que crecían a lo largo de la cerca. Bajo una morera blanca había un viejo asiento de carro. Junto a él había un libro y un cesto de labores.

–Usa tú el asiento, Alexandra. La hierba te mancharía el vestido –insistió la anfitriona. Se dejó caer en el suelo junto a Alexandra y escondió los pies debajo del cuerpo. Carl se sentó a corta distancia de las dos mujeres, de espaldas al trigal, y las contempló. Alexandra se quitó el sombrero y lo tiró al suelo. Marie lo recogió y jugueteó con las cintas blancas, retorciéndolas entre los dedos morenos mientras hablaba. Eran una hermosa imagen a la intensa luz del sol con el motivo de las hojas rodeándolas como una red; la mujer sueca tan blanca y dorada, amable y regocijada, pero armada de tranquilidad; y la morena, con los labios carnosos abiertos, y unos puntos de luz amarilla bailando en sus ojos mientras reía y parloteaba. Carl no había olvidado los ojos de la pequeña Marie Tovesky, y se alegraba de tener la oportunidad de observarlos. Vio que los iris marrones estaban curiosamente veteados de amarillo, del color de la miel de girasol, o del ámbar viejo. En los dos ojos debía de tener una de esas vetas más largas que las demás, pues causaban el efecto de dos puntos de luz que centelleaban como dos pequeñas burbujas amarillas, igual que en una copa de champán. A veces semejaban las chispas de una fragua. Marie parecía emocionarse con gran facilidad, enardecerse con una pequeña llama apasionada, con sólo respirar sobre ella. «Qué desperdicio –pensó Carl–. Debería hacer todo eso para un enamorado. ¡Qué manera tan extraña de suceder las cosas!»

No pasó mucho tiempo antes de que Marie volviera a levantarse.

–Esperad un momento. Quiero enseñaros algo. –Se alejó corriendo y desapareció tras los manzanos achaparrados.

–Qué encantadora criatura –musitó Carl–. No me extraña que su marido esté celoso. Pero ¿no puede andar? ¿Siempre va corriendo?

Alexandra asintió.

–Siempre. No veo a mucha gente, pero no creo que haya muchos como ella en ninguna parte.

Marie volvió con una rama que había arrancado de un albaricoquero, cargada de frutos de color amarillo pálido teñido de rosa. La dejó caer junto a Carl.

–¿Los plantó usted también? Son unos árboles muy hermosos.

Carl acarició las hojas de un verde azulado, porosas como papel secante y con la misma forma que las hojas de abedul, unidas por peciolos de color rojo claro.

–Sí, creo que sí. ¿Son los árboles del circo, Alexandra?

–¿Le hablo de ellos? –preguntó Alexandra–. Siéntate como una buena chica, Marie, no estropees mi pobre sombrero, y te contaré una historia. Hace mucho tiempo, cuando Carl y yo teníamos unos dieciséis y doce años, vino un circo a Hanover y nosotros fuimos en el carro con Lou y Oscar para verlo desfilar. No teníamos suficiente dinero para las entradas. Seguimos el desfile hasta el lugar donde habían plantado el circo y nos quedamos por allí hasta que empezó el espectáculo y la multitud entró en la carpa. Entonces Lou pensó que pareceríamos bobos allí fuera, en el pasto, y volvimos a Hanover sintiéndonos muy tristes. Había un hombre en la calle vendiendo albaricoques, y nosotros no los habíamos visto nunca hasta entonces. El hombre procedía de algún lugar del norte, de la colonia francesa, y los vendía a veinticinco centavos el picotín. Teníamos algo de dinero que nos habían dado nuestros padres para caramelos y yo compré dos picotines y Carl uno. Eso nos animó bastante y guardamos los huesos y luego los plantamos. Cuando Carl se fue, no habían dado frutos.

–Y ahora que ha vuelto, ya se los puede comer –exclamó Marie, inclinando la cabeza–. Es una buena historia. Le recuerdo un poco, señor Linstrum. Lo veía a veces en Hanover, cuando el tío Joe me llevaba. Lo recuerdo porque siempre compraba pinceles y tubos de pintura en la botica. Un día, mi tío me dejó en la tienda y usted me dibujó un montón de pájaros y flores en un trozo de papel de envolver. Guardé los dibujos mucho tiempo. Pensaba que usted era muy romántico porque sabía dibujar y tenía los ojos negros.

Carl sonrió.

–Sí, recuerdo aquel día. Tu tío te compró un juguete mecánico, una dama turca sentada en una otomana, fumando en narguile, ¿verdad? Y movía la cabeza hacia atrás y hacia delante.

–¡Ah, sí! ¿Verdad que era magnífica? Yo sabía muy bien

que no debía decirle al tío Joe que la quería, porque acababa de volver de la cantina y se sentía bien. ¿Recuerda cómo se rió? A él también le hacía gracia. Pero, cuando llegamos a casa, mi tía le recriminó que comprara juguetes cuando a ella le hacían falta tantas cosas. Le dábamos cuerda a la dama todas las noches, y cuando empezaba a mover la cabeza, mi tía se reía con tantas ganas como nosotros. Era una caja de música, ¿sabe?, y la dama turca tocaba una melodía mientras fumaba. Por eso te hacía sentir tan alegre. Recuerdo que era preciosa y que llevaba una media luna dorada en el turbante.

Media hora más tarde, cuando abandonaban la casa, Carl y Alexandra se encontraron en el sendero con un hombre fornido que vestía pantalón con peto y camisa azul. Jadeaba como si hubiera estado corriendo, y hablaba entre dientes.

Marie corrió a su encuentro y, cogiéndolo del brazo, le dio un pequeño empujón hacia los visitantes.

–Frank, éste es el señor Linstrum.

Frank se quitó el ancho sombrero de paja y saludó a Alexandra con una inclinación de cabeza. Cuando habló con Carl, puso al descubierto una hilera de dientes blancos y regulares. Tenía la piel tostada por el sol hasta la línea del cuello de la camisa, y llevaba barba de tres días. Resultaba guapo, a pesar incluso de su agitación, pero parecía un hombre impulsivo y violento.

Tras saludar apenas a los visitantes, se volvió de inmediato hacia su mujer y dijo, con tono indignado.

–He tenido que dejar el tiro para expulsar a los cerdos de

la vieja Hiller de mi trigal. ¡Si no tiene más cuidado, voy a llevar a esa vieja a los tribunales, te lo digo yo!

–Pero, Frank –dijo su mujer con tono apaciguador–, sólo tiene a su hijo cojo para ayudarla. Hace todo lo que puede.

Alexandra miró al exaltado vecino y sugirió:

–¿Por qué no vas a su casa una tarde y le arreglas la cerca para que no se escapen los cerdos? A la larga te ahorrarás mucho tiempo.

Frank puso el cuello rígido.

–No pienso hacer tal cosa. Yo no dejo que mis cerdos se escapen. Otras personas pueden hacer lo mismo. Si ese Louis sabe arreglar zapatos, también puede arreglar una cerca.

–Tal vez –dijo Alexandra plácidamente–, pero he comprobado que en ocasiones vale más arreglar la cerca de otras personas. Adiós, Marie. Ven pronto a verme.

Alexandra echó a andar con firmeza por el sendero y Carl la siguió.

Frank entró en la casa y se tumbó en el sofá con el rostro vuelto hacia la pared y el puño apretado sobre la cadera. Tras acompañar a sus visitantes, Marie entró también y le puso una mano sobre el hombro con mucho tacto.

–¡Pobre Frank! Has corrido hasta hacer que te doliera la cabeza, ¿verdad? Deja que te prepare un café.

–¿Qué otra cosa puedo hacer? –exclamó él en bohemio con vehemencia–. ¿He de permitir que los cerdos de una vieja me arranquen el trigo de raíz? ¿Para eso me mato yo a trabajar?

–No te preocupes, Frank. Volveré a hablar con la señora

Hiller. Pero, en serio, casi estuvo a punto de llorar la última vez que se escaparon, de tanto como lo sentía.

Frank se dio la vuelta hacia el otro lado.

—Eso es; tú siempre te pones de su parte y en mi contra. Todos los saben. Cualquiera se cree con derecho a pedirme prestada la segadora y rompérmela, o a echarme encima los cerdos. ¡Saben que a ti no te importa!

Marie se fue corriendo a hacerle el café. Cuando volvió, estaba profundamente dormido. Se sentó y lo contempló durante un buen rato, muy cavilosa. Cuando el reloj de la cocina dio las seis, se fue a hacer la cena y cerró la puerta suavemente. Se sentía siempre pesarosa cuando a Frank le daba uno de aquellos ataques, y lamentaba que fuera desagradable con sus vecinos y se malquistara con ellos. Era plenamente consciente de que los vecinos tenían mucho que aguantarle y que soportaban a Frank únicamente por ella.

VII

El padre de Marie, Albert Tovesky, era uno de los bohemios más inteligentes que había llegado al Oeste a principios de los años setenta. Se estableció en Omaha y se convirtió en guía y consejero para sus compatriotas. Marie era la hija más pequeña, de su segunda esposa, y la niña de sus ojos. Apenas tenía dieciséis años y estaba en el último curso del instituto de Omaha, cuando Frank Shabata llegó de su país y causó un gran revuelo entre todas las chicas bohemias. Con toda naturalidad se convirtió en el petimetre de las terrazas, y el domingo era digno de verse, con su sombrero de seda, la camisa por dentro del pantalón y la levita azul, con guantes y un finísimo bastón amarillo. Era alto y de piel blanca, con unos dientes magníficos y rizos rubios muy cortos, y su expresión era ligeramente desdeñosa, la indicada para un joven bien relacionado, cuya madre tenía una enorme granja en el valle del Elba. A sus ojos azules asomaba a menudo un descontento que lo hacía interesante, y todas las chicas bohemias a las que conocía imaginaban ser la causa de aquella expresión insatisfecha. Tenía una forma de sacar el pañuelo de batista del bolsillo del pecho, lentamente, cogiéndolo por una esquina, que era melancólica y romántica en extremo. Hacía su pequeña demostración a todas las chicas bohemias con posibles, pero con la pequeña Marie Tovesky sacaba el pañuelo más lentamente y, después de encender un nuevo cigarro, dejaba caer la cerilla con mayor desesperación. Cualquiera podía ver, a poco que se lo propusiera, que su orgulloso corazón suspiraba por alguien.

Un domingo de finales del verano, el año en que Marie se graduó en el instituto, se reunió con Frank en una excursión campestre de la colonia bohemia, junto al río, y se pasó toda la tarde remando con él. Al llegar a casa por la noche, Marie se fue directamente a la habitación de su padre y le dijo que se había prometido a Shabata. El viejo Tovesky estaba fumando tranquilamente su pipa de antes de acostarse. Cuando oyó el anuncio de su hija, primero tuvo la prudencia de ponerle el corcho a su botella de cerveza y luego se puso en pie y montó en cólera. Para definir a Frank Shabata usó una expresión bohemia que equivale a estirado.

–¿Por qué no se ha puesto a trabajar como todos los demás? ¡Dice que tiene una granja en el valle del Elba! ¿Acaso no tiene un montón de hermanos y hermanas? Es la granja de su madre, ¿y por qué no se queda allí y la ayuda? ¿No he visto yo a su madre salir a las cinco de la mañana con el cucharón y un enorme cubo con ruedas para echar estiércol líquido a las coles? ¿No he visto cómo tiene las manos la vieja Eva Shabata? Como las pezuñas de un viejo caballo las tiene, ¡y él va con guantes y anillos! ¡Comprometidos! Aún no estás preparada para salir del colegio, eso es lo que te pasa. Te enviaré a las Hermanas del Sagrado Corazón de Saint Louis, ¡seguro que allí te enseñan un poco de sentido común!

Así pues, a la semana siguiente, Albert Tovesky llevó a su hija, pálida y llorosa, al convento, río abajo. Pero si había algo que hacía a Frank desear una cosa era que alguien le dijera que no podía ser suya. Se las compuso para verse con Marie antes de su partida, y mientras que antes sólo estaba enamoriscado de ella, se convenció entonces de que no había de detenerse ante nada. Marie se llevó al convento, bajo el forro de lona de su baúl, el resultado de una laboriosa y satisfactoria mañana por parte de Frank: varias fotografías de sí mismo, tomadas en otras tantas posturas y en actitud perdidamente enamorada. Había una pequeña fotografía redonda para el reloj, fotografías para la pared y el tocador, e incluso unas largas y estrechas para usarlas como marcapáginas. En más de una ocasión al apuesto caballero lo rompió en pedazos una monja indignada en la clase de francés.

Marie languideció en el convento durante un año, hasta que pasó su decimoctavo cumpleaños. Entonces se reunió con Frank Shabata en la Union Station de Saint Louis y se fugó con él. El viejo Tovesky perdonó a su hija porque no podía hacer otra cosa, y le compró una granja en el lugar que tanto le había gustado siendo niña. Desde entonces, su historia había formado parte de la historia del Divide. Ella y Frank llevaban cinco años viviendo allí cuando Carl Linstrum regresó para hacer la visita a Alexandra que tanto se había demorado. En general, Frank se había desenvuelto mejor de lo que cabía esperar. Se había volcado en la tierra con energía frenética. Una vez al año se iba de juerga a Hastings o a Omaha. Estaba fuera una semana o dos y luego volvía a casa y trabajaba como un demonio. Realmente trabajaba; si lamentaba su suerte o no, eso era cosa suya.

VIII

El día en que Alexandra visitó a los Shabata, empezó a llover con fuerza al anochecer. Frank estuvo levantado hasta tarde leyendo los periódicos del domingo. Uno de los Gould se divorciaba y Frank se lo tomó como una ofensa personal. Al publicar la historia de los problemas conyugales del joven Gould, el avispado redactor ofrecía un relato suficientemente colorista de su vida, dando a conocer el volumen de sus ingresos y la forma en que se suponía que los gastaba. Frank leía despacio en inglés, y cuanto más leía sobre aquel caso de divorcio, más se enfadaba. Finalmente arrojó al suelo la hoja con un resoplido. Se volvió hacia el peón de la granja, que leía la otra mitad del periódico.

–¡Por Dios! Si llegara a tener a ese tipo en el campo de heno le daría una buena lección. Escucha lo que hace con su dinero. –Y Frank empezó a enumerar el catálogo de las supuestas extravagancias del joven.

Marie suspiró. Le parecía injusto que a los Gould, hacia los que ella no sentía más que buena voluntad, le causaran tantos problemas. Detestaba ver los periódicos del domingo entrar en casa. Frank leía siempre todo lo que se refería a las andanzas de los ricos y se indignaba. Tenía una provisión inagotable de historias sobre sus delitos y sus locuras, sobre cómo sobornaban a los tribunales y mataban a sus mayordomos impunemente cuando les apetecía. Frank y Lou Bergson tenían ideas muy similares y eran dos de los agitadores políticos del condado.

La mañana siguiente despuntó clara y brillante, pero Frank dijo que la tierra estaba demasiado húmeda para ararla, así que se fue en el carro a Sainte-Agnes a pasar el día en la cantina de Moïse Marcel. Cuando se fue, Marie salió al porche de atrás para empezar a hacer la mantequilla. Se había levantado un fuerte viento que arrastraba las blancas y esponjosas nubes por el cielo. El huerto lanzaba destellos y titilaba bajo el sol. Marie lo contemplaba con nostalgia, la mano en la tapa de la mantequera, cuando oyó un ruido súbito en el aire, el alegre sonido de la piedra de amolar aplicada a la guadaña. Aquella invitación la decidió. Corrió al interior de la casa, se puso una falda corta y unas botas de su marido, cogió un cubo pequeño y se encaminó al huerto. Emil había empezado ya a trabajar y segaba con brío. Cuando la vio llegar, se detuvo y se enjugó el sudor de la frente. Tenía las polainas amarillas de lona y los pantalones caqui mojados hasta las rodillas.

—No te molestaré, Emil. Voy a coger cerezas. ¿Verdad que está todo precioso después de la lluvia? ¡Oh, pero me alegro de que hayas venido a segar! Cuando oí llover anoche, pensé que tal vez vendrías a hacerlo por mí. El viento me ha despertado. ¿Verdad que soplaba muy fuerte? ¡Huele las rosas silvestres! Tienen siempre un olor intenso después de la lluvia. Nunca habíamos tenido tantas como ahora. Supongo que es por las lluvias. ¿Tendrás que cortarlas también?

–Si corto la hierba, sí –dijo Emil en tono de broma–. ¿Qué te pasa? ¿Por qué estás tan animada?

–¿Lo estoy? Supongo que será por las lluvias también. Es emocionante ver lo deprisa que crece todo… ¡y que se corte la hierba! Por favor, deja las rosas para lo último, si es que has de cortarlas. Bueno, no me refiero a todas, sólo ahí abajo, junto a mi árbol, donde hay tantas. ¡Cómo te has salpicado! Mira la de telarañas que hay por todas partes, sobre la hierba. Adiós. Te llamaré si veo una serpiente.

Marie se alejó con paso ligero mientras él la contemplaba. Al cabo de unos instantes, Emil oyó las cerezas que caían en rápida sucesión dentro del cubo y empezó a blandir la guadaña con esos movimientos largos y uniformes que pocos chicos americanos llegan a aprender. Marie recogía cerezas y canturreaba por lo bajo, despojando una reluciente rama tras otra, estremeciéndose cuando recibía una ducha de gotas de lluvia en el cuello y los cabellos. Y Emil segaba lentamente en dirección a los cerezos.

Aquel verano, las lluvias habían sido tan abundantes y oportunas que Shabata y su peón a duras penas podían con todo el maíz; el huerto era una selva descuidada. Había crecido todo tipo de hierbas, hierbajos y flores; manchones de espuelas de caballero silvestres, espigas de marrubio de color blanco y verde claro, plantaciones de algodón silvestre, marañas de cola de zorra y trigo silvestre.

Al sur de los albaricoqueros, junto al trigal, estaba la alfalfa de Frank, donde había siempre millares de mariposas blancas y amarillas revoloteando sobre las flores púrpuras. Cuando Emil llegó a la esquina más baja, junto al seto, Marie estaba sentada bajo su morera, con el cubo lleno de cerezas al lado, contemplando la suave e incesante ondulación del trigo.

–Emil –dijo de repente; él segaba en silencio alrededor del árbol para no molestarla–. ¿Qué religión tenían los suecos antes de ser cristianos?

Emil se detuvo y se enderezó.

–No lo sé. Como los alemanes, ¿no?

Marie prosiguió como si no le hubiera oído.

–Los bohemios, ¿sabes?, adoraban a los árboles antes de que llegaran los misioneros. Padre dice que la gente de las montañas aún hace cosas extrañas, a veces. Ellos creen que los árboles traen buena o mala suerte.

–¿Ah, sí? –dijo Emil con aire de suficiencia–. Bueno, ¿y cuáles son los que dan buena suerte? Me gustaría saberlo.

–No los conozco todos, pero sé que los tilos la dan. Los ancianos de las montañas plantan tilos para purificar el bosque y para disipar los maleficios que proceden de los árboles antiguos, que dicen que han sobrevivido desde los tiempos paganos. Yo soy buena católica, pero creo que podría seguir adelante con el amor por los árboles, si no tuviera nada más.

–Mala cosa –dijo Emil, agachándose para limpiarse las manos en la hierba mojada.

–¿Por qué? Eso es lo que siento y ya está. Me gustan los

árboles porque parecen más resignados a la forma en que tienen que vivir que cualquier otra cosa. Tengo la sensación de que este árbol sabe todo lo que pienso cuando me siento aquí. Cuando vuelvo a él, nunca he de recordarle nada; me limito a empezar justo donde lo había dejado.

Emil no tenía nada que decir a eso. Alargó las manos hacia las ramas y empezó a recoger los dulces e insípidos frutos, moras alargadas de color marfil con un ligero toque de rosa, como coral blanco, que caían al suelo durante todo el verano sin que les prestaran atención. Emil dejó caer un puñado en el regazo de Marie.

—¿Te gusta el señor Linstrum? —preguntó ella de pronto.

—Sí. ¿A ti no?

—Oh, sí, muchísimo, aunque es muy serio y formal. Claro que es mayor incluso que Frank. Yo, desde luego, no quiero pasar de los treinta años, ¿y tú? ¿Crees que a Alexandra le gusta mucho?

—Supongo que sí. Son viejos amigos.

—¡Oh, Emil, ya sabes lo que quiero decir! —Marie meneó la cabeza en un gesto de impaciencia—. ¿Le gusta de verdad? Antes, cuando me contaba cosas de él, me preguntaba siempre si no estaría un poco enamorada de él.

—¿Quién, Alexandra? —Emil se echó a reír y se metió las manos en los bolsillos del pantalón—. ¡Alexandra no ha estado nunca enamorada, boba! —Volvió a reír—. No sabría ni cómo comportarse. ¡Qué idea!

Marie se encogió de hombros.

—¡Tú no conoces a Alexandra tan bien como yo! Si tuvieras ojos en la cara, te darías cuenta de que lo quiere mucho.

Te estaría bien empleado que se fuera con Carl. Me gusta porque sabe apreciarla más que tú.

–¿De qué estás hablando, Marie? –preguntó Emil, ceñudo–. Alexandra está bien. Ella y yo siempre hemos sido buenos amigos. ¿Qué más quieres? Me gusta hablar con Carl sobre Nueva York y todo lo que un tipo puede hacer allí.

–¡Oh, Emil! ¡No me digas que estás pensando en irte allí!

–¿Por qué no? Tengo que ir a alguna parte, ¿no? –El joven recogió la guadaña y se apoyó en ella–. ¿Preferirías que me fuera a las colinas arenosas y viviera como Ivar?

Marie bajó la cabeza ante la mirada inquietante de Emil y le miró las polainas mojadas.

–Estoy segura de que Alexandra espera que te quedes aquí –musitó.

–Entonces Alexandra sufrirá una decepción –dijo el joven con aspereza–. ¿Para qué quiero quedarme aquí? Alexandra lleva la granja perfectamente sin mí. No quiero quedarme aquí a mirar cómo lo hace. Quiero hacer algo por mi cuenta.

–Cierto –dijo Marie con un suspiro–. Hay muchas, muchísimas cosas que puedes hacer. Casi cualquier cosa que te apetezca.

–Y hay muchas, muchísimas cosas que no puedo hacer. –Emil imitó su tono con sarcasmo–. A veces no quiero hacer nada en absoluto, y a veces quisiera juntar las cuatro esquinas del Divide y tirar de ellas –extendió el brazo y volvió a echarlo hacia atrás con una sacudida–. Así, como si fuera un mantel. Estoy harto de ver a hombres y caballos arriba y abajo, abajo y arriba.

Marie alzó la mirada hacia la figura desafiante y su rostro se ensombreció.

–Desearía que no fueras tan impaciente y no te tomaras tan a pecho las cosas –dijo ella con pesar.

–Gracias –replicó él bruscamente.

Ella suspiró con desánimo.

–Todo lo que digo te hace enfadar, ¿verdad? Y antes nunca te enfadabas conmigo.

Emil dio un paso hacia ella y miró la cabeza inclinada con el entrecejo fruncido. Su actitud era defensiva, con las piernas abiertas y los puños apretados a los lados, haciendo que se le marcaran los tendones en los brazos desnudos.

–Ya no puedo jugar contigo como si fuera un niño –dijo lentamente–. Eso es lo que echas de menos, Marie. Tendrás que buscarte otro niño para jugar con él. –Se interrumpió para respirar hondo. Luego prosiguió en voz baja, con tal vehemencia que resultaba casi amenazadora–. Algunas veces parece que lo comprendes perfectamente, y otras finges que no entiendes nada. No arreglas las cosas fingiendo. Es en esos momentos cuando me entran ganas de tirar de las esquinas del Divide. ¡Porque si no quieres entender, yo podría obligarte!

Marie entrelazó las manos y se levantó. Se había puesto muy pálida y sus ojos brillaban de emoción y angustia.

–Pero, Emil, si lo entiendo, se acabarán los buenos tiempos, no podremos volver a hacer cosas agradables juntos nunca más. Tendremos que comportarnos como el señor Linstrum. ¡Y, además, no hay nada que entender! –Golpeó el suelo violentamente con su pequeño pie–. No durará.

Pasará, y todo volverá a ser como era. Ojalá fueras católico. La Iglesia ayuda a la gente, de verdad. Yo rezo por ti, pero no es lo mismo que si rezaras tú.

Habló deprisa, implorando con la voz y la expresión, mirándolo a la cara. Emil la miró a su vez, desafiante.

–No puedo rezar para tener las cosas que quiero –dijo despacio–, y no rezaré para no tenerlas, aunque me condene por ello.

Marie se dio la vuelta, retorciéndose las manos.

–¡Oh, Emil, no quieres intentarlo! Entonces se han terminado los buenos momentos entre nosotros.

–Sí; se han terminado. No espero que vuelva a haber ninguno más.

Emil agarró la guadaña por las manijas y empezó a segar la hierba. Marie recogió el cubo de cerezas y se dirigió despacio hacia la casa, llorando amargamente.

IX

El domingo por la tarde, un mes después de su llegada, Carl Linstrum fue con Emil a la colonia francesa para asistir a una feria benéfica católica. Se pasó la mayor parte del tiempo sentado en el sótano de la iglesia, donde se celebraba la fiesta, hablando con Marie Shabata, o paseando por la terraza de gravilla creada en la ladera de la colina frente a las puertas del sótano, donde los chicos franceses practicaban saltos, lucha y lanzamiento de disco. Algunos llevaban los trajes blancos de béisbol, porque acababan de llegar del partido de entrenamiento de los domingos en el campo de juego. Amédée, el recién casado y mejor amigo de Emil, era su lanzador, famoso en los pueblos de los alrededores por su velocidad y su destreza. Amédée era un joven menudo, un año más joven que Emil y de aspecto mucho más juvenil; muy ágil y activo y bien proporcionado, con el cabello castaño claro, la piel blanca y dientes blancos y deslumbrantes. Los chicos de Sainte-Agnes iban a jugar contra el equipo de Hastings pasada una quincena, y las fulminantes bolas de Amédée eran la esperanza de su equipo. El menudo francés

...a gramo de su cuerpo sobre la bola cuan-
...no.

...brías formado parte del equipo de la univer-
... –dijo Emil, cuando echaron a caminar desde
... juego a la iglesia de la colina–. Lanzas mejor
an... en primavera.

–¡Claro! –dijo Amédée, sonriendo–. Un hombre casado ya no pierde la cabeza. –Dio una palmada a Emil en la espalda, acomodándose a su paso–. ¡Oh, Emil, tienes que casarte enseguida! ¡Es lo mejor del mundo!

Emil rió.

–¿Cómo voy a casarme si no tengo chica?

Amédée lo cogió del brazo.

–¡Bah! Hay muchas chicas que te querrían. Lo que tienes que buscarte es una bonita chica francesa. Te tratan bien; siempre alegres. Mira –empezó a contar con los dedos–, está Sévérine, y Alphosen, y Joséphine, y Hectorine, y Louise, y Malvina. ¡Bueno, a mí me gustaría cualquiera de ellas! ¿Por qué no las cortejas? ¿Eres un creído, Emil, o es que te pasa algo? Nunca había visto un chico de veintidós años que no tuviera novia. ¿Quieres ser sacerdote a lo mejor? ¡Eso no es para mí! –Amédée adoptó un aire arrogante–. Yo traeré muchos buenos católicos a este mundo, espero, y es una manera de ayudar a la Iglesia.

Emil lo miró y le palmeó el hombro.

–Hablas por hablar, 'Médée. A vosotros los franceses os gusta fanfarronear.

Pero Amédée tenía el celo de los recién casados y no iba a dejarlo correr tan fácilmente.

–En serio, Emil, ¿no te gusta ninguna chica? A lo mejor hay alguna joven dama en Lincoln, muy distinguida –Amédée agitó la mano lánguidamente ante el rostro para representar el abanico de una beldad sin corazón–, y perdiste el corazón por ella. ¿Es eso?

–Quizá –dijo Emil.

Pero Amédée no vio resplandecer el rostro de su amigo como era debido.

–¡Bah! –exclamó, disgustado–. Les diré a todas las chicas francesas que se aparten de ti. Tienes una roca ahí dentro –dijo, donde un golpe a Emil en las costillas.

Cuando llegaron a la terraza que había junto a la iglesia, Amédée, que estaba muy animado por su éxito en el terreno de juego, desafió a Emil a una competición de saltos, aunque sabía que iba a perder. Se pusieron los cinturones, y Raoul Marcel, el tenor del coro y favorito del padre Duchesne, y Jean Bordelau sujetaron la cuerda en alto para que saltaran. Todos los chicos franceses formaron un círculo, animándolos y dándose impulso cuando Emil o Amédée pasaban al otro lado de la cuerda, como si les ayudaran a elevarse. Emil se plantó en el metro setenta, alegando que perdería el apetito para la cena si seguía saltando.

Angélique, la hermosa esposa de Amédée, tan rubia y clara como su nombre, que había salido para ver la competición, echó la cabeza hacia atrás mirando a Emil y dijo:

–'Médée podría saltar mucho más que tú si fuera igual de alto. Además, es mucho más elegante. Él pasa por encima como un pájaro, y tú tienes que impulsarte con la fuerza.

–¿Ah, sí? –Emil la agarró y besó su insolente boca, mientras ella reía y se debatía y llamaba:

–¡'Médée! ¡'Médée!

–¿Te das cuenta? Tu 'Médée no es lo bastante grande siquiera para apartarte de mí. Podría huir contigo ahora mismo y él no podría hacer otra cosa que sentarse a llorar. ¡Yo te enseñaré si tengo que darme impulso! –Riendo y jadeando, cogió en brazos a Angélique y echó a correr por el rectángulo con ella. No paró hasta que vio los ojos de tigresa de Marie Shabata brillando en la penumbra de la puerta del sótano y entonces entregó la despeinada esposa al marido.

–Bueno, vuelve con tu dechado; no tengo valor para separarte de él.

Angélique se aferró a su marido e hizo muecas a Emil por encima del blanco hombro de la camiseta de béisbol de Amédée. A Emil le hizo mucha gracia su aire de dueña y señora y la aceptación de Amédée sin vergüenza ninguna. Estaba encantado con la buena suerte de su amigo. Le gustaba ver y pensar en el amor radiante, natural y feliz de Amédée.

Él y Amédée habían cabalgado juntos, habían luchado juntos y habían hecho payasadas juntos desde que tenían doce años. Los domingos y días festivos iban siempre cogidos del brazo. Era extraño que ahora tuviera que ocultar aquello de lo que Amédée estaba tan orgulloso, que el sentimiento que a uno le daba tanta felicidad pudiera producir tanta desesperación en el otro. Así era también cuando Alexandra comprobaba las semillas de maíz en primavera, se dijo. De dos espigas que habían crecido una junto a la otra, los granos de una se elevaban alegremente hacia la luz, proyectándose hacia el futuro, y los granos de la otra yacían aún en la tierra, podridos, y nadie sabía por qué.

X

Mientras Emil y Carl se divertían en la feria, Alexandra estaba en casa, enfrascada en los libros de cuentas que había descuidado en los últimos tiempos. Había acabado casi con los números cuando oyó un carro acercarse a la verja. Mirando por la ventana, vio a sus dos hermanos. Ambos parecían evitarla desde la llegada de Carl Linstrum, así que corrió a la puerta para recibirlos. Comprendió enseguida que un propósito muy definido los había llevado hasta allí. Entraron tras ella en la sala de estar con aire envarado. Oscar se sentó, pero Lou se dirigió a la ventana y se quedó de pie con las manos a la espalda.

–¿Estás sola? –preguntó, mirando la puerta que daba al salón.

–Sí. Carl y Emil se han ido a la feria católica.

Durante unos instantes no habló ninguno de los dos hombres. Luego Lou habló de repente.

–¿Cuándo piensa marcharse de aquí?

–No lo sé, Lou. Espero que no sea pronto. –Alexandra contestó en un tono tranquilo, sin alterarse, que a menudo exasperaba a sus hermanos. Les parecía que intentaba mostrarse superior a ellos.

Oscar habló con voz grave.

–Hemos pensado que debíamos decirte que la gente ha empezado a hablar –dijo, elocuentemente.

–¿Sobre qué? –preguntó Alexandra, mirándolo.

Oscar le devolvió una mirada inexpresiva.

–Sobre ti, por tenerlo aquí tanto tiempo. Da mala impresión que se pegue a una mujer de esta manera. La gente cree que te estás dejando engañar.

Alexandra cerró el libro de cuentas con firmeza.

–Chicos –dijo con seriedad–, no sigáis por ese camino. No nos llevará a ninguna parte. No aceptaré consejos sobre este asunto. Sé que vuestra intención es buena, pero no debéis sentiros responsables de mí en cosas de este tipo. Si seguimos hablando de esto, sólo conseguiremos crear resentimientos.

Lou se dio la vuelta bruscamente.

–Deberías pensar un poco en tu familia. Nos estás poniendo en ridículo.

–¿Cómo?

–La gente empieza a decir que quieres casarte con él.

–Bueno, ¿y qué hay de ridículo en eso?

Lou y Oscar intercambiaron una mirada de indignación.

–¡Alexandra! ¿No te das cuenta de que no es más que un vagabundo y que lo que quiere es tu dinero? ¡Quiere que le resuelvan la vida, eso es lo que quiere!

–Bueno, ¿y si yo quiero resolvérsela? ¿A quién le importa más que a mí?

–¿No comprendes que se adueñaría de tu propiedad?

–Se adueñaría de lo que yo le diera, desde luego.

Oscar se incorporó de repente y Lou se mesó los hirsutos cabellos.

–¿Darle? –exclamó Lou–. ¿Nuestras tierras, nuestra granja?

–Sobre la granja no lo sé –dijo Alexandra tranquilamente–. Sé que Oscar y tú habéis esperado siempre que la heredaran vuestros hijos, y no estoy segura de si tenéis razón o no. Pero con el resto de mis tierras, haré exactamente lo que me dé la gana, chicos.

–¡El resto de tus tierras! –exclamó Lou, enardeciéndose cada vez más–. ¿Acaso no ha salido toda la tierra de esta granja? Se compró hipotecando la granja, y Oscar y yo trabajamos como mulas para pagar los intereses.

–Sí, vosotros pagasteis los intereses. Pero cuando os casasteis dividimos la tierra y los dos quedasteis satisfechos. He ganado más dinero con mis granjas desde que estoy sola que cuando estábamos los tres juntos.

–Todo lo que has ganado procede de la tierra original por la que trabajamos nosotros, ¿o no? Las granjas y todo lo que rinden nos pertenecen a todos como familia.

Alexandra agitó la mano en un gesto de impaciencia.

–Vamos, Lou. No te vayas por las ramas. Estás diciendo tonterías. Vete al registro del condado y pregunta allí a quién pertenecen mis tierras y si mis títulos de propiedad son válidos.

Lou se volvió hacia su hermano.

–Esto es lo que ocurre cuando se deja que una mujer se entrometa en los negocios –dijo con amargura–. Deberíamos haber tomado las riendas hace años. Pero a ella le gustaba dirigirlo todo y le seguimos la corriente. Pensábamos que tenías sentido común, Alexandra. Nunca creímos que harías tonterías.

Exasperada, Alexandra dio unos golpes sobre su escritorio con los nudillos.

–Escucha, Lou. Deja de desvariar. Dices que deberíais haber tomado las riendas hace tiempo. Supongo que te refieres a antes de que os casarais. Pero, ¿cómo ibais a tomar las riendas de algo que no existía? Casi todo lo que tengo ahora lo he ganado después de que dividiéramos las tierras; lo he levantado todo yo sola y no tiene nada que ver con vosotros.

Oscar habló con solemnidad.

–Las tierras de una familia pertenecen en realidad a los hombres de la familia, sea cual sea el título de propiedad. Si algo sale mal, es a los hombres a quienes se considera responsables.

–Sí, por supuesto –intervino Lou–. Todo el mundo lo sabe. Oscar y yo siempre nos hemos avenido a todo sin crear complicaciones. Estábamos dispuestos a dejarte ser la dueña de las tierras y beneficiarte de ellas, pero no tienes derecho a desprenderte de ellas. Nosotros trabajamos los campos para pagar la primera tierra que compraste y todo lo que salga de ella debe mantenerse en la familia.

Oscar apoyó a su hermano con el pensamiento puesto en el único argumento que veía claro.

–Las tierras de una familia pertenecen a los hombres de la familia, porque es a ellos a quienes se considera responsables y porque son los que hacen todo el trabajo.

Alexandra miró a uno y a otro llena de indignación. Antes se había impacientado, pero ahora empezaba a enojarse.

—¿Y qué me decís de mi trabajo? —preguntó con voz temblorosa.

Lou bajó la vista a la alfombra.

—¡Oh, vamos, Alexandra, tú siempre lo has tenido muy fácil! Claro está que era eso lo que nosotros queríamos. Te gustaba dirigirnos, y siempre te hemos seguido la corriente. Comprendíamos que eras una gran ayuda para nosotros. No hay ninguna mujer por aquí que sepa tanto como tú del negocio, y siempre hemos estado orgullosos de ello, y te considerábamos muy lista. Pero desde luego el trabajo de verdad recaía sobre nuestras espaldas. Los buenos consejos están muy bien, pero no limpian los maizales de malas hierbas.

—Tal vez no, pero a veces procuran semillas para las cosechas y, a veces, conservan los campos donde ha de crecer el maíz —dijo Alexandra con tono cortante—. Vaya, Lou, aún recuerdo cuando Oscar y tú queríais vender esta granja y todas sus mejoras al viejo predicador Ericson por dos mil dólares. Si yo lo hubiera consentido, os habríais ido río abajo y habríais malvivido en pobres granjas durante el resto de vuestra vida. Cuando sembré nuestro primer campo de alfalfa, los dos os opusisteis, sólo porque me había hablado de ello un joven que había ido a la universidad. Entonces me dijisteis que me estaban engañando, y todos los vecinos opinaron igual. Sabéis tan bien como yo que la alfalfa ha sido la salvación de estas tierras. Todos os reísteis de mí cuando dije que la tierra estaba a punto para sembrar trigo, y tuve que recoger tres grandes cosechas de trigo para que los vecinos dejaran de sembrar maíz en todos sus campos. Vaya, y recuerdo que lloraste, Lou, cuando sembramos la primera gran cosecha de trigo y dijiste que todo el mundo se reía de nosotros.

—Así son las mujeres —dijo Lou, volviéndose hacia Oscar—; si te dicen que siembres una cosecha, se creen que la han sembrado ellas. Las mujeres se vuelven engreídas cuando se entrometen en los negocios. No imaginaba que querrías recordarnos lo dura que fuiste con nosotros, Alexandra, después del modo en que has mimado a Emil.

—¿Dura con vosotros? Nunca pretendí serlo. Las circunstancias eran difíciles. Tal vez no habría sido nunca blanda, de todas formas, pero desde luego no fui yo quien eligió ser así. Si se coge una vid y se poda una y otra vez, crece dura, igual que un árbol.

Lou tuvo la impresión de que se estaban desviando del tema principal y que Alexandra le pondría nervioso con aquellas digresiones. Se secó la frente pasándose el pañuelo con una sacudida.

—Nunca dudamos de ti, Alexandra. Nunca pusimos reparos a nada de lo que hacías. Siempre se hizo todo a tu manera. Pero no puedes pretender que nos quedemos como pasmarotes viendo cómo te birla las tierras un haragán cualquiera que pasa por aquí, poniéndote en ridículo, por añadidura.

—Sí —dijo Oscar, levantándose—, todo el mundo se ríe de cómo te engaña, y a tu edad. Todo el mundo sabe que tiene

casi cinco años menos que tú y que anda detrás de tu dinero. ¡Pero si tienes cuarenta años, Alexandra!

–Eso no le importa a nadie más que a Carl y a mí. Id a la
ciudad y preguntad a vuestros abogados qué podéis hacer
para impedir que haga lo que quiera con mis tierras. Y os
aconsejo que hagáis lo que os digan, porque la autoridad
que podáis ejercer legalmente será la única influencia que
volveréis a tener sobre mí. –Alexandra se levantó–. Creo
que preferiría no haber vivido para descubrir lo que he
descubierto hoy –dijo tranquilamente, cerrando su escritorio.

Lou y Oscar intercambiaron miradas inquisitivas. No
parecía haber nada más que hacer que marcharse, y eso
hicieron.

–No se pueden hacer negocios con mujeres –dijo Oscar
firmemente, encaramándose al carro–. Pero al menos
hemos dicho lo que teníamos que decir.

Lou se rascó la cabeza.

–Hablar de estas cosas puede exaltar los ánimos, ya lo
sabes, pero es una persona sensata. De todas formas, no
deberías haber dicho eso de su edad, Oscar. Me temo que
has herido sus sentimientos, y lo peor que podemos hacer
es ponerla en nuestra contra. Se casará con él por llevarnos
la contraria.

–Yo sólo quería decir que ya es mayorcita para comprender ciertas cosas –dijo Oscar–, y no es más que la verdad. Si
quería casarse, debería haberlo hecho hace tiempo, y no
hacer el ridículo ahora de esta manera.

Aun así, Lou estaba inquieto.

–Claro que –dijo esperanzado y contradictorio– Alexandra no se parece mucho a las demás mujeres. Quizá no se enfade con nosotros. ¡Quizá le dé igual tener cuarenta años!

XI

Emil volvió a casa a las siete y media de la tarde. El viejo Ivar lo recibió junto al molino y se ocupó de su caballo, y el joven entró directamente en la casa. Llamó a su hermana y ésta le contestó desde su dormitorio, contiguo a la sala de estar, diciendo que estaba acostada.

Emil se acercó a su puerta.

–¿Puedo entrar un momento? –preguntó–. Quiero hablar contigo de una cosa antes de que llegue Carl.

Alexandra se levantó rápidamente y abrió la puerta.

–¿Dónde está Carl?

–Nos hemos encontrado con Lou y Oscar y han dicho que querían hablar con él, así que se ha ido a casa de Oscar con ellos. ¿Sales? –preguntó Emil con impaciencia.

–Sí, siéntate. Me vestiré en un momento.

Alexandra cerró la puerta y Emil se dejó caer en el viejo diván de piel de oveja y se sentó con la cabeza entre las manos. Cuando su hermana salió, alzó la vista y, no sabiendo si el intervalo de espera había sido corto o largo, le sorprendió ver que la habitación se había sumido en la penumbra.

Daba igual; le sería más fácil hablar sin la mirada de aquellos ojos claros y reflexivos, que tan lejos llegaban a ver en algunas direcciones y tan ciegos estaban en otras. También Alexandra se alegró de la oscuridad. Tenía la cara hinchada de llorar.

Emil se levantó y luego volvió a sentarse.

–Alexandra –dijo lentamente con su joven y profunda voz de barítono–, no quiero ir a la facultad de derecho este otoño. Déjame aplazarlo otro año. Quiero tomarme un año libre para ver cosas. Es tremendamente fácil meterse en una profesión que a uno no le gusta, y tremendamente difícil salir de ella. Linstrum y yo hemos estado hablando de ello.

–Muy bien, Emil. Pero no te vayas a buscar tierras. –Alexandra se acercó y puso una mano sobre su hombro–. Esperaba que te quedaras conmigo este invierno.

–Eso es exactamente lo que no quiero hacer, Alexandra. Estoy inquieto. Quiero cambiar de aires. Quiero ir a Ciudad de México y reunirme con uno de mis compañeros de universidad, que dirige una central eléctrica allí. Me escribió que podía darme un pequeño empleo, suficiente para vivir, y podría ver lo que hay por ahí y lo que quiero hacer. Quiero irme en cuanto se recojan las cosechas. Imagino que a Lou y a Oscar no les hará ninguna gracia.

–Supongo que no. –Alexandra se sentó a su lado en el diván–. Están muy enfadados conmigo, Emil. Nos hemos peleado. No volverán por aquí.

Emil apenas oyó lo que le decía; no se dio cuenta de la tristeza que había en su voz. Pensaba en la vida aventurera que pensaba llevar en México.

–¿Por qué? –preguntó distraídamente.

–Por Carl Linstrum. Temen que me case con él y que parte de mis tierras queden fuera de su alcance.

Emil se encogió de hombros.

–¡Qué tontería! –musitó–. Típico de ellos.

–¿Por qué es una tontería, Emil? –preguntó Alexandra, echándose hacia atrás.

–Pues porque tú nunca has pensado en hacer tal cosa, ¿no? Ésos siempre tienen algo de que quejarse.

–Emil –dijo su hermana lentamente–, no deberías dar las cosas por descontado. ¿Estás de acuerdo con ellos en que no tengo derecho a cambiar mi vida?

Emil miró el perfil de la cabeza de su hermana en la penumbra. Estaban sentados muy juntos y tenía la impresión de que Alexandra oía sus pensamientos. Guardó silencio unos instantes y luego dijo, azorado:

–Pues no, claro que no. Debes hacer lo que tú quieras. Yo siempre te apoyaré.

–¿Pero te parecería un poco ridículo que me casara con Carl?

Emil se movió, inquieto. La idea le parecía demasiado peregrina para discutirla.

–No, claro que no. Sólo me sorprendería. No sé muy bien por qué. Pero no es asunto mío. Debes hacer lo que a ti te plazca. Desde luego, no debes prestar la menor atención a lo que digan los chicos.

Alexandra suspiró.

–Esperaba que al menos tú entendieras un poco lo que yo quiero. Pero supongo que es esperar demasiado. Hemos llevado una vida muy solitaria, Emil. Aparte de Marie, Carl es el único amigo que he tenido.

Ahora Emil estaba muy atento; un nombre en la última frase de su hermana lo había despertado. Alargó la mano y cogió con torpeza la de Alexandra.

–Deberías hacer lo que tú desees, y creo que Carl es un buen tipo. Él y yo nos llevaríamos bien. No creo nada de lo que dicen los chicos sobre él, en serio. Recelan de él porque es inteligente. Ya sabes cómo son. Están picados conmigo desde que me dejaste ir a estudiar fuera. Intentan siempre pillarme en algo. Yo de ti no les prestaría atención. No debes preocuparte. Carl es un hombre sensato. No les hará caso.

–No lo sé. Si le dicen a él lo mismo que me han dicho a mí, creo que se irá.

Emil estaba cada vez más incómodo.

–¿Eso crees? Bueno, Marie me dijo que nos estaría bien empleado que te fueras con él.

–¿En serio? ¡Qué buena es! Típico de ella. –A Alexandra se le quebró la voz.

Emil empezó a desatarse las polainas.

–¿Por qué no hablas de esto con ella? Ahí está Carl, oigo su caballo. Creo que me iré arriba y me quitaré las botas. No, no quiero cenar nada. Hemos cenado a las cinco, en la feria.

Emil se alegró de escapar y meterse en su cuarto. Sentía cierta vergüenza por su hermana, aunque había intentado no demostrarlo. Le parecía que había algo indecoroso en su idea de casarse y, en efecto, le parecía algo ridícula. Ya había suficientes problemas en el mundo, pensó cuando se tiró sobre la cama, sin que a la gente de cuarenta años le diera por pensar que quería casarse. En la oscuridad y el silencio, no era probable que Emil siguiera pensando en Alexandra. Todas las imágenes se evaporaron menos una. Había visto a Marie en medio de la multitud aquella tarde. Vendía caramelos en la feria. ¿Por qué se había fugado con Frank Shabata, y cómo podía seguir riendo y trabajando e interesándose por las cosas? ¿Por qué le gustaba tanta gente, y por qué parecía complacida cuando todos los chicos franceses y bohemios, e incluso el sacerdote, se apiñaban en torno a su puesto de caramelos? ¿Por qué no le importaba sólo él? ¿Por qué no podía él encontrar nunca lo que buscaba en sus ojos pícaros y afectuosos?

Imaginó entonces que volvía a mirar y lo encontraba, y cómo sería que ella lo amara, ella, que, como decía Alexandra, amaba con todo el corazón. Podía pasarse horas enteras tumbado con ese sueño, como sumido en un trance. Su espíritu abandonaba el cuerpo y atravesaba los campos hasta llegar a Marie Shabata.

En los bailes de la universidad, las chicas habían observado a menudo con curiosidad al joven sueco, alto y apuesto, apoyado en la pared con el entrecejo fruncido, cruzado de brazos y con los ojos fijos en el techo o el suelo. Todas le temían un poco. Emil tenía un aire distinguido y no era del tipo jovial. Les parecía que era demasiado serio y profundo. Había algo extraño en él. La hermandad a la que pertenecía Emil se enorgullecía de sus bailes, y a veces también él cumplía con su deber y los bailaba todos. Pero tanto si estaba bailando como caviloso en un rincón, siempre pensaba en Marie Shabata. Durante dos años, la tormenta se había ido gestando en su interior.

XII

Carl entró en la sala de estar cuando Alexandra encendía la lámpara. Ella alzó la vista al tiempo que volvía a poner la pantalla. Carl tenía los hombros caídos, como si estuviera muy cansado, su rostro estaba pálido y tenía unas sombras azuladas bajo los ojos oscuros. Su ira se había extinguido, dejándolo lleno de rabia y asqueado.

–¿Has visto a Lou y Oscar? –preguntó Alexandra.

–Sí. –Sus ojos evitaron los de ella.

Alexandra respiró profundamente.

–Y ahora te irás. Lo imaginaba.

Carl se desplomó en una silla y apartó el negro rizo de su frente con una mano blanca y nerviosa.

–¡En qué situación tan desesperada te encuentras, Alexandra! –exclamó con vehemencia–. Estás destinada a verte siempre rodeada de hombrecillos. Y yo no soy mejor que los demás. Soy demasiado poca cosa para enfrentarme a la censura incluso de hombres como Lou y Oscar. Sí, me voy; mañana. Ni siquiera puedo pedirte que me prometas esperar hasta que tenga algo que ofrecerte. Pensé que tal vez podría pedírtelo, pero ni siquiera eso puedo.

–¿Para qué sirve ofrecer a la gente cosas que no necesita? –preguntó Alexandra con tristeza–. No necesito dinero. Pero te he necesitado a ti durante muchos años. Quisiera saber por qué se me ha permitido prosperar, si era sólo para apartarme de mis amigos.

–No me engaño –dijo Carl con franqueza–. Sé que me voy por mí mismo. Me siento obligado a hacer el mismo esfuerzo de siempre. He de demostrar mi valía. Para aceptar lo que tú me darías, tendría que ser o un gran hombre o un desalmado, y yo sólo soy un hombre vulgar.

Alexandra suspiró.

–Tengo la sensación de que, si te vas, no volverás nunca. Algo le ocurrirá a uno de los dos, o a ambos. En este mundo, la gente tiene que aferrarse a la felicidad cuando puede. Siempre es más fácil perder que encontrar. Lo que tengo es tuyo, si te importo lo bastante para cogerlo.

Carl se levantó y contempló el retrato de John Bergson.

–¡Pero no puedo, querida mía, no puedo! Partiré hacia el Norte de inmediato. En lugar de perder el tiempo en California todo el invierno, empezaré a orientarme por allá arriba. No desperdiciaré otra semana. Sé paciente conmigo, Alexandra. ¡Dame un año!

–Como quieras –dijo Alexandra con voz cansada–. De repente, en un solo día, lo pierdo todo, y no sé por qué. Emil también se va. –Carl observaba el rostro de John Bergson y los ojos de Alexandra siguieron a los suyos–. Sí –dijo–, si él hubiera podido ver lo que resultaría de la tarea que me encomendó, lo habría lamentado. Espero que no me esté viendo ahora. Espero que esté entre las personas de su sangre y su antiguo país, y que no le lleguen noticias del Nuevo Mundo.

Tercera parte
Memorias del invierno

I

El invierno ha vuelto a instalarse en el Divide; la estación en la que la Naturaleza descansa, en la que se sumerge en el sueño entre la época fructífera del otoño y la pasión de la primavera. Los pájaros se han ido. El hervidero de vida que se desarrollaba entre la larga hierba ha sido exterminado. Los perros de la pradera no salen de sus madrigueras. Los conejos corren temblorosos de un huerto helado a otro y les resulta difícil encontrar helados tallos de coles. Los coyotes vagan de noche por la inmensidad invernal, aullando por comida. Los campos abigarrados son ahora de un solo color; los pastos, los rastrojos, las carreteras, el cielo son del mismo gris plomizo. Los setos y los árboles apenas se distinguen de la tierra desnuda, cuya tonalidad de pizarra han adoptado. El terreno está helado hasta el punto de que los pies se magullan caminando por las carreteras o los campos arados. Es como un país de hierro, y su rigor y su melancolía oprimen el espíritu. Sería fácil creer que en aquel paisaje muerto el germen de la vida y la abundancia se han extinguido para siempre.

Alexandra ha vuelto a su antigua rutina. Cada semana recibe carta de Emil. A Lou y a Oscar no los ha visto desde que se fue Carl. Para evitar encuentros embarazosos en presencia de espectadores curiosos, ha dejado de ir a la iglesia noruega y va a la iglesia reformista de Hanover, o con Marie Shabata a la iglesia católica, conocida como «la iglesia francesa». No ha hablado de Carl con Marie, ni de las diferencias que ha tenido con sus hermanos. Nunca fue muy comunicativa con respecto a sus asuntos personales y, llegado el momento, su instinto le dijo que Marie y ella no se comprenderían la una a la otra sobre tales cosas.

La anciana señora Lee temía que la rencilla familiar la privara de su visita anual a Alexandra. Pero el primer día de diciembre Alexandra telefoneó a Annie para decirle que al día siguiente enviaría a Ivar para que recogiera a su madre, y al día siguiente la anciana señora llegó con sus bultos. En los últimos doce años, la señora Lee había entrado siempre en la sala de estar de Alexandra con la misma exclamación: «¡Ahora será igual que en los viejos tiempos!». Disfrutaba con la libertad que le daba Alexandra y oyendo su lengua materna todo el día. Allí podía llevar gorro de dormir y dormir con las ventanas cerradas, escuchar a Ivar leyendo la Biblia, y allí podía andar por entre los establos con un par de botas viejas de Emil. Aunque caminaba doblada casi por la mitad, era tan dinámica como una ardilla. Tenía la cara tan tostada como si la hubieran barnizado y tan llena de arrugas como las manos de una lavandera. Le quedaban tres viejos buenos dientes en la parte frontal de la boca, y cuando sonreía tenía un aire de complicidad, como si dijera que, sabiendo cómo tomársela, la vida no era tan mala. Mientras Alexandra y ella recortaban retales y los cosían y hacían colchas, hablaba sin cesar sobre historias que leía en un periódico familiar sueco, contando los argumentos con gran detalle; o sobre su vida en una granja lechera de Gottland cuando era niña. Algunas veces olvidaba cuáles eran las historias impresas y cuáles las reales, porque todo le parecía muy lejano en el tiempo. Le encantaba tomarse un pequeño brandy con agua caliente y azúcar antes de acostarse, y Alexandra se lo tenía siempre preparado. «Trrae buenos sueños», decía con los ojos brillantes.

Cuando la señora Lee llevaba una semana con Alexandra, Marie Shabata telefoneó una mañana para decir que Frank estaría todo el día en la ciudad y que le gustaría que fueran las dos a tomar café por la tarde. La señora Lee se apresuró a lavar y planchar su delantal nuevo de punto de cruz, que había acabado justamente la noche anterior; era un delantal de algodón a cuadros con un dibujo de veinticinco centímetros de ancho en la parte inferior: una escena de caza con abetos y perros y cazadores. La señora Lee se mostró firme durante la comida y rechazó servirse una segunda ración de manzanas al horno envueltas en masa.

—Crrreo que dejo hueco parra después –dijo con una risita.

A las dos de la tarde, el carro de Alexandra se detuvo ante la verja de los Shabata, y Marie vio el chal rojo de la señora Lee moviéndose por el sendero. Corrió a la puerta e introdujo a la anciana en la casa con un abrazo, y la ayudó a quitarse los chales mientras Alexandra tapaba al caballo con una manta. La señora Lee se había puesto su mejor vestido de satén negro –detestaba las prendas de lana, incluso en invierno– y un cuello de ganchillo, sujeto con un gran broche de oro pálido que contenía unos desvaídos daguerrotipos de sus padres. No llevaba puesto el delantal por miedo a arrugarlo, pero ahora lo sacó, le dio una sacudida y se lo ató en torno a la cintura con gesto deliberado. Marie se echó hacia atrás y alzó las manos, exclamando:

–¡Oh, qué preciosidad! Éste no lo había visto nunca, ¿verdad, señora Lee?

La anciana rió y agachó la cabeza.

–No, ayer mismo lo acabo. Mira el hilo; muy fuerrrte, no pierde colorrr cuando lava. Mi hermana envió de Suecia. Sabía que te gustarrría.

Marie corrió de nuevo a la puerta.

–Pasa, Alexandra. Estaba admirando el delantal de la señora Lee. De camino a casa no olvidéis pasar a ver a la señora Hiller. Le encanta el punto de cruz.

Mientras Alexandra se quitaba el velo y el sombrero, la señora Lee se fue a la cocina y se instaló en una mecedora de madera junto a la estufa, y miró con gran interés la mesa con tres servicios, un mantel blanco y un tiesto con geranios rosas en el centro.

–Vaya, qué herrmosas plantas; muchas florres. ¿Cómo haces para que no hielen?

Señaló los alféizares de las ventanas, llenos de fucsias y geranios.

–Tengo el fuego encendido toda la noche, señora Lee, y cuando hace mucho frío las pongo todas sobre la mesa en el centro de la habitación. Otras noches sólo les pongo unos periódicos detrás. Frank se ríe de mí por tomarme tantas molestias, pero cuando no dan flores dice: «¿Qué les pasa a las condenadas?». ¿Qué sabes de Carl, Alexandra?

–Llegó a Dawson antes de que se helara el río, y supongo que ahora ya no me llegarán más noticias hasta la primavera. Antes de abandonar California me mandó una caja de flores de naranjo, pero no se conservaron demasiado bien. He traído un puñado de cartas de Emil para ti. –Alexandra entró en la cocina y pellizcó la mejilla de Marie juguetonamente–. No parece que a ti te afecte nunca el frío. Nunca te resfrías, ¿verdad? Buena chica. Tenía las mejillas igual de sonrosadas cuando era una niña, señora Lee. Parecía una extraña muñeca extranjera. Nunca olvidaré la primera vez que te vi en la tienda de Mieklejohn, Marie, en la época en que mi padre estaba enfermo. Carl y yo hablamos de ellos antes de que se fuera.

–Lo recuerdo, y Emil iba con su gatita. ¿Cuándo le enviarás el paquete de Navidad a Emil?

–Debería habérselo enviado ya. Ahora tendré que mandarlo por correo o no llegará a tiempo.

Marie sacó de su cesto de labores una corbata de seda de oscuro color púrpura.

–He tejido esto para él. El color es bonito, ¿no te parece? ¿Querrías por favor mandárselo con tus cosas y decirle que se lo he hecho yo para que lo lleve cuando vaya de serenata?

Alexandra se echó a reír.

–No creo que dé muchas serenatas. En una carta dice que

las damas mexicanas son famosas por su belleza, pero a mí eso no me pareció un elogio demasiado entusiasta.

Marie echó la cabeza hacia atrás.

–Emil no me engaña. Si se ha comprado una guitarra, irá a dar serenatas con ella. ¿Quién no lo haría, con todas esas chicas españolas dejando caer flores desde sus ventanas? Yo iría a cantarles todas las noches, ¿usted no, señora Lee?

La anciana rió entre dientes. Sus ojos se iluminaron cuando Marie se inclinó y abrió la puerta del horno. Un delicioso aroma flotó por la pulcra cocina.

–¡Qué bien huele! –dijo la señora Lee. Se volvió hacia Alexandra con un guiño, mostrando valerosamente sus tres dientes amarillos–. ¡Crreo que con eso la mandíbula no duele más! –dijo con satisfacción.

Marie sacó una bandeja de delicados rollitos rellenos de compota de albaricoques y empezó a espolvorear azúcar por encima.

–Espero que le gusten, señora Lee; a Alexandra le encantan. A los bohemios les gusta comerlos con el café. Pero si lo prefiere, tengo un bizcocho de frutos secos y semillas de amapola. Alexandra, ¿quieres traer la jarrita de la crema? La he puesto en la ventana para que no se caliente.

–Desde luego, los bohemios –dijo Alexandra cuando se acercaron a la mesa– saben hacer más tipos de pan que cualquier otro pueblo del mundo. La vieja señora Hiller me dijo una vez en la cena de la iglesia que sabía hacer siete clases distintas de bizcochos, pero Marie sabría hacer una docena.

La señora Lee cogió un rollito de compota de albaricoque entre sus morenos dedos pulgar e índice y lo sopesó con aire grave.

–Igual que plumas –declaró, complacida–. ¡Vaya, qué agrradable es esto! –exclamó, removiendo el café–. Crreo que me tomo un poco de gelatina también.

Alexandra y Marie se rieron de su entusiasmo y se pusieron a hablar de sus cosas,

–Temía que te hubieras resfriado cuando hablamos por teléfono la otra noche, Marie. ¿Qué te pasaba? ¿Habías llorado?

–Quizá. –Marie sonrió con aire de culpabilidad–. Frank llegó tarde aquella noche. ¿No te sientes sola a veces en invierno, cuando todo el mundo se ha ido?

–Imaginé que sería algo así. De no ser porque no estaba sola, habría venido a verte esa misma noche. Si tú te sientes abatida, ¿qué será de nosotros? –preguntó Alexandra.

–No me ocurre demasiado a menudo… ¡Pero si la señora Lee está sin café!

Más tarde, cuando la señora Lee se declaró ahíta, Marie y Alexandra subieron al piso de arriba para buscar unas muestras de ganchillo que la anciana pidió prestadas.

–Será mejor que te pongas el abrigo, Alexandra. Hace frío ahí arriba, y no tengo la menor idea de dónde están esas muestras. Quizá tenga que revolver en mis viejos baúles. –Marie cogió un chal y abrió la puerta de la escalera para subir corriendo por delante de su invitada–. Mientras yo miro en los cajones de la cómoda, tú puedes buscar en esas sombrereras del estante del armario, encima de donde está colgada la ropa de Frank. Dentro hay un montón de retales y cosas sueltas.

Marie empezó a revolver el contenido de los cajones y Alexandra se fue a mirar en el armario ropero. Al cabo de un rato volvió con un fino y elástico bastón amarillo en la mano.

–¿Qué rábanos es esto, Marie? No me digas que Frank llevaba esta cosa.

Marie parpadeó, mirándolo con asombro, y se sentó en el suelo.

–¿Dónde lo has encontrado? No sabía que Frank lo había guardado. Hace años que no lo veo.

–¿Entonces es de verdad un bastón?

–Sí, lo trajo de nuestro país. Lo llevaba siempre cuando nos conocimos. ¿Verdad que es una tontería? ¡Pobre Frank!

Alexandra hizo girar el bastón entre los dedos y rió.

–¡Debía de estar muy gracioso!

–No, en realidad no –dijo Marie, pensativa–. No parecía fuera de lugar. De joven era un hombre muy alegre. Creo que las personas viven siempre la vida más difícil, Alexandra. –Marie se arrebujó en el chal y siguió mirando el bastón con fijeza–. Frank estaría mejor en el lugar adecuado –dijo con tono reflexivo–. Para empezar, debería haberse casado con otro tipo de mujer. ¿Sabes, Alexandra?, podría elegir exactamente el tipo de mujer que necesita Frank… ahora. El problema es que prácticamente tienes que casarte con un hombre para descubrir el tipo de mujer que necesita, y por lo general es exactamente el que tú no eres. Y entonces, ¿qué puedes hacer? –preguntó con franqueza.

Alexandra confesó que no lo sabía.

–Sin embargo –añadió–, a mí me parece que te llevas tan bien con Frank como podría llevarse cualquiera de las mujeres que he conocido.

Marie meneó la cabeza, frunciendo los labios y echando su cálido aliento suavemente al aire helado.

–No, en casa me mimaron demasiado. Me gusta hacer las cosas a mi manera y hablo más de la cuenta. Cuando Frank alardea, le doy respuestas cortantes y él nunca lo olvida. Le da vueltas y más vueltas en la cabeza; lo noto. Además, soy demasiado atolondrada. La mujer de Frank debería ser tímida, ¡y no interesarse por ningún otro ser vivo en el mundo más que él! Así era cuando me casé, pero supongo que era demasiado joven para que durara. –Marie suspiró.

Alexandra no la había oído nunca expresarse con tanta franqueza sobre su marido, e intuyó que era más prudente no animarla a seguir. Nunca salía nada bueno, pensó, de hablar de tales cosas, y mientras Marie pensaba en voz alta, Alexandra no había dejado de rebuscar en las sombrereras.

–¿No son éstas las muestras, Marie?

Marie se levantó del suelo con presteza.

–Claro, buscábamos unas muestras, ¿verdad? La otra mujer de Frank me había hecho olvidarme de todo lo demás. Voy a guardar esto.

Metió el bastón detrás de la ropa de los domingos de Frank, y aunque reía, Alexandra vio que tenía lágrimas en los ojos.

Cuando volvieron a la cocina, había empezado a nevar y las visitantes de Marie pensaron que deberían regresar a casa. Marie las acompañó hasta el carro y tapó bien a la vieja señora Lee con los chales, mientras Alexandra le quitaba la manta al caballo. Cuando se alejaron, Marie dio media vuelta y volvió lentamente hacia la casa. Cogió el paquete de cartas que le había llevado Alexandra, pero no las leyó. Les dio la vuelta y miró los sellos extranjeros, y luego se quedó sentada contemplando la nieve mientras oscurecía cada vez más en la cocina y la estufa despedía un rojo resplandor.

Marie sabía perfectamente que Emil escribía las cartas más para ella que para Alexandra. No era el tipo de cartas que un hombre joven escribe a su hermana. Eran más personales y minuciosas, llenas de descripciones sobre la alegre vida en la vieja capital mexicana en los tiempos en que la mano férrea de Porfirio Díaz aún se dejaba sentir. Hablaba de corridas de toros y peleas de gallos, de iglesias y *fiestas*, de los mercados de flores y las fuentes, de la música y el baile, de la gente de todas las nacionalidades que conocía en los restaurantes italianos en la calle San Francisco. En resumen, eran el tipo de cartas que un hombre joven escribe a una mujer cuando desea que él mismo y la vida que lleva le parezcan interesantes, cuando desea vivir en su imaginación.

Cuando estaba sola o se sentaba a coser por la noche, Marie pensaba a menudo en cómo debía de ser la vida allí donde estaba Emil; donde había flores y bandas musicales por todas partes, y carruajes yendo de un lado a otro, y donde había un pequeño limpiabotas ciego delante de la catedral que sabía tocar cualquier melodía que se le pidiera, dejando caer las tapas de sus cajas de betún sobre los escalones de piedra. Cuando una persona lo tiene todo hecho a los veintitrés años de edad, es agradable dejar que los pensamientos vuelen para seguir a un joven aventurero que tiene toda la vida por delante. «Y de no ser por mí –pensó–, Frank sería aún igual de libre, y se lo pasaría bien despertando la admiración de la gente. Pobre Frank, tampoco para él ha sido bueno casarse. Me temo que es verdad que lo malquisto con los demás, como él dice. No sé cómo, parece que siempre lo pongo en evidencia. Tal vez intentaría ser agradable con la gente otra vez si yo no estuviera a su lado. Parece que yo le hago mostrarse siempre tan malo como puede llegar a ser.»

Más adelante, durante el invierno, Alexandra recordó aquella tarde como la última visita satisfactoria que había hecho a Marie. A partir de aquel día, la joven pareció volverse cada vez más retraída. Cuando estaba con Alexandra no era franca y espontánea como antes. Parecía rumiar algo de lo que no quería hablar. El tiempo influyó mucho en que se vieran menos de lo acostumbrado. Hacía veinte años que no se veían ventiscas como aquéllas, y el sendero que cruzaba los campos quedó sepultado bajo la nieve desde Navidad hasta marzo. Cuando las dos vecinas se visitaban, tenían que dar un rodeo por el camino de carros, lo que doblaba la distancia. Se telefoneaban casi todas las noches, pero en enero hubo un intervalo de tres semanas en que cayeron los cables y el cartero dejó de pasar por allí.

Marie se acercaba a menudo a ver a su vecina más próxima, la vieja señora Hiller, que estaba impedida a causa del reumatismo y sólo tenía un hijo, el zapatero cojo, que la cuidaba; y también iba a la iglesia francesa, hiciese el tiempo que hiciese. Su devoción era sincera. Rezaba por ella misma y por Frank, y por Emil, que vivía en medio de las tentaciones de aquella vieja ciudad, alegre y corrompida. Aquel invierno halló en la iglesia mayor consuelo que nunca. Le parecía algo cercano que llenaba el doloroso vacío de su corazón. Intentó ser paciente con su marido. Él y sus peones solían pasar la velada jugando a California Jack. Marie cosía o hacía ganchillo, e intentaba poner un cordial interés en el juego, pero pensaba siempre en los vastos campos donde caía la nieve y se amontonaba, una capa sobre otra. Cuando entraba en la oscura cocina para arreglar las plantas antes de acostarse, solía quedarse junto a la ventana y contemplar los campos blancos o los remolinos de nieve sobre el huerto. Parecía notar el peso de toda aquella nieve. Las ramas se habían endurecido hasta el punto de herirte la mano si intentabas siquiera romper una ramita. Y sin embargo, bajo las capas heladas, junto a las raíces de los árboles, el secreto de la vida seguía a salvo, cálido como la sangre en el corazón; ¡y la primavera volvería! ¡Oh, sí, volvería!

II

Si Alexandra hubiera tenido más imaginación, habría adivinado tal vez lo que pasaba por la cabeza de Marie, y habría visto mucho antes lo que pasaba por la de Emil. Pero, como el propio Emil se había dicho en más de una ocasión, aquél era el lado ciego de Alexandra, y su vida no había sido del tipo que pudiera agudizarle la vista. Todo su aprendizaje había tenido como objetivo capacitarla para la tarea emprendida. Su vida personal, su conciencia de sí misma, era prácticamente una existencia subconsciente, como un río subterráneo que sólo salía a la superficie de vez en cuando, con intervalos de varios meses, y luego volvía a esconderse para fluir bajo sus propios campos. No obstante, la corriente subterránea estaba allí; y precisamente había prosperado más que sus vecinos porque tenía mucha personalidad que aportar a sus iniciativas, y porque había conseguido ponerla a su servicio por completo.

Había ciertos días en su vida, insulsos en apariencia, que Alexandra recordaba como especialmente felices; días en los que se sentía unida a la llana tierra en barbecho que la rodeaba y notaba, como si dijéramos, la jubilosa germinación en su propio cuerpo. También le gustaba recordar algunos días que Emil y ella habían pasado juntos. Un día en que habían bajado al río, el año de la sequía, y estuvieron contemplando los campos. Se habían puesto en camino por la mañana temprano y habían recorrido un buen trecho en el carro antes del mediodía. Cuando Emil dijo que tenía hambre, abandonaron el camino, le dieron a Brigham su avena entre los arbustos y treparon a lo alto de un peñasco cubierto de hierba para comer a la sombra de unos pequeños olmos. El río era claro allí, y bajaba con poca agua, puesto que no había llovido, y discurría haciendo ondas sobre la arena centelleante. Bajo los sauces que colgaban sobre la orilla opuesta, el río formaba un brazo más profundo y el agua discurría tan despacio que parecía dormida al sol. En aquella pequeña ensenada nadaba un pato salvaje, se sumergía y se arreglaba las plumas con el pico, retozando felizmente bajo el juego de sombras y luz. Estuvieron sentados allí mucho tiempo, contemplando el solaz del ave solitaria. A Alexandra ningún ser vivo le había parecido tan hermoso como aquel pato salvaje. Emil debió de sentir lo mismo que ella, porque más adelante, estando en casa, decía a veces: «Hermana, ¿te acuerdas de aquel pato del río…?». Alexandra recordaba aquel día como uno de los más felices de su vida. Años después, pensaba en el pato como si aún estuviera allí, nadando y sumergiéndose solo a la luz del sol, como una especie de ave encantada que no conociera el paso del tiempo.

La mayoría de los recuerdos felices de Alexandra eran

tan impersonales como aquél. Para ella, sin embargo, eran muy personales. Su mente era un libro blanco con anotaciones precisas sobre el tiempo y los animales y las plantas. Pocas personas habrían tenido interés en leerlo; sólo unos cuantos afortunados. Jamás se había enamorado, ni se había permitido sueños románticos. Incluso de joven había mirado siempre a los hombres como compañeros de trabajo. Había crecido en una época de dificultades.

Había una fantasía, en realidad, que había persistido durante toda su juventud. Solía sobrevenirle los domingos, el único día que se levantaba tarde, mientras estaba en la cama escuchando los sonidos matutinos familiares; el molino zumbando bajo la fuerte brisa, Emil silbando mientras daba betún a sus botas abajo, junto a la puerta de la cocina. A veces, mientras estaba tumbada, entregada al lujo de la pereza, con los ojos cerrados, imaginaba que alguien muy fuerte la levantaba y se la llevaba sin esfuerzo. Ciertamente era un hombre quien la sostenía en brazos, pero no se parecía a ninguno de los que conocía; era mucho más alto, fuerte y ágil, y la llevaba sin esfuerzo, como si fuera una gavilla de trigo. Nunca lo veía, pero, con los ojos cerrados, sentía que era rubio como el sol y que olía a los campos de maíz maduro. Notaba cómo se acercaba, se inclinaba sobre ella y la levantaba, y luego notaba cómo la llevaba rápidamente a través de los campos. Después de tal ensoñación, se levantaba precipitadamente, furiosa consigo misma, y bajaba al baño, que estaba en el cobertizo que era la cocina, separado de ésta por un tabique. Allí se metía en la tina de estaño y se frotaba con vigor, terminando de lavarse con cubos de agua

fría del pozo sobre el cuerpo blanco y reluciente, que ningún hombre del Divide podría haber llevado en brazos
hasta muy lejos.

A medida que se hacía mayor, aquella fantasía se presen-
taba más a menudo cuando estaba cansada que cuando se
sentía fresca y fuerte. Algunas veces, después de haber pasado el día entero al aire libre, supervisando cómo se marcaba
el ganado o se cargaban los cerdos, volvía a casa helada, se
tomaba un brebaje caliente, hecho con especias y vino case-
ro, y se metía en cama con el cuerpo dolorido de fatiga.
Entonces, justo antes de dormirse, tenía la vieja sensación
de que alguien muy fuerte la levantaba y se la llevaba, y eso
hacía que se disipase todo su cansancio físico.

Cuarta parte

La morera

I

La iglesia francesa, cuyo nombre auténtico era Iglesia de Sainte-Agnes, estaba situada en lo alto de una colina. El alto y estrecho edificio de ladrillo rojo, con su estilizado campanario y su tejado inclinado, se veía desde varios kilómetros a la redonda, más allá de los trigales, mientras que el pueblo de Sainte-Agnes quedaba completamente oculto al pie de la colina. La iglesia tenía un aspecto poderoso y triunfal en su promontorio, tan por encima del resto del paisaje, con los kilómetros de cálidos colores que se extendían a sus pies, y por su situación y su entorno recordaba a algunas de las antiguas iglesias construidas en medio de los campos de trigo de la Francia central.

Un día de junio por la tarde, Alexandra Bergson conducía el carro por una de las muchas carreteras que atravesaban las fértiles tierras de labranza de la colonia, en dirección a la gran iglesia. El sol le daba directamente en la cara y el rojo edificio de la colina estaba rodeado por un halo de luz. Junto a Alexandra viajaba repantigada una exótica figura con alto sombrero mexicano, fajín de seda y chaqueta corta de terciopelo negro con botones de plata. Emil había regresado la noche anterior, y su hermana estaba tan orgullosa de él que había decidido de inmediato llevarlo a la cena de la iglesia y hacerle llevar el traje mexicano que había vuelto con él en su baúl.

–Todas las chicas que ponen tenderetes se disfrazarán –arguyó Alexandra–, y también algunos chicos. Marie va a decir la buenaventura, y ha hecho traer de Omaha un traje bohemio que su padre le compró en una visita a su país. A todo el mundo le gustará verte con esa ropa. Y también has de llevar la guitarra. Todo el mundo debería hacer lo posible por ayudar, y nosotros no hemos hecho nunca nada. No somos una familia con talento.

La cena sería a las seis, en el sótano de la iglesia, y después habría una feria con charadas y una subasta. Alexandra se había puesto en camino temprano, dejando la casa a Signa y Nelse Jensen, que iban a casarse la semana siguiente. Signa había solicitado tímidamente que se pospusiera la boda hasta el regreso de Emil.

Alexandra estaba muy complacida con su hermano. Mientras atravesaban los campos ondulados de la colonia francesa hacia el sol poniente y la maciza iglesia, pensaba en aquel día lejano en que Emil y ella habían regresado del valle al aún indomable Divide. Sí, se dijo, había valido la pena; tanto Emil como la tierra se habían convertido en lo que ella esperaba. De todos los hijos de su padre, había uno que estaba preparado para enfrentarse con el mundo, que no se había visto atado al arado y que tenía una personalidad separada de la tierra. Y para eso, pensó, era para lo que había trabajado ella. Se sentía satisfecha de su vida.

Cuando llegaron a la iglesia, una veintena de equipos se amontonaban frente a las puertas del sótano que se abrían en la ladera de la colina y daban a la terraza arenosa donde los chicos luchaban y hacían competiciones de salto. Amédée Chevalier, orgulloso padre desde hacía una semana, salió presuroso para abrazar a Emil. Amédée era hijo único y, por tanto, era muy rico, pero él pensaba tener veinte hijos, como su tío Xavier.

–Oh, Emil –exclamó, abrazando a su viejo amigo efusivamente–, ¿por qué no has venido a ver a mi chico? Vienes mañana, ¿eh? ¡Emil, querrás tener uno enseguida! ¡Es lo mejor del mundo! Ese chico vino al mudo riendo y no ha parado desde entonces. ¡Ven y lo verás! –Aporreó las costillas de Emil para poner mayor énfasis a cada una de sus frases.

Emil le cogió los brazos.

–Basta, Amédée. Me estás dejando sin aliento. Le he traído vasos, cucharas, mantas y mocasines suficientes para un orfanato entero. ¡Me alegro mucho de que sea un varón, desde luego!

Los chicos se apiñaron en torno a Emil para admirar su traje y contarle de un tirón todo lo que había ocurrido desde su marcha. Emil tenía más amigos allí arriba, en la colonia francesa, que abajo, junto a Norway Creek. Los chicos franceses y los bohemios eran alegres y llenos de vida, les gustaba la variedad y aceptaban las novedades con tanta facilidad como los escandinavos las rechazaban. Los chicos suecos y noruegos eran mucho más egoístas, propensos al egocentrismo y los celos; eran cautelosos y reservados con Emil porque había estudiado en la universidad, y estaban dispuestos a bajarle los humos si intentaba darse aires. A los chicos franceses les gustaba fanfarronear un poco, y les encantaba siempre oír hablar de cosas nuevas: ropa nueva, nuevos juegos, canciones y bailes nuevos. Se llevaron a Emil para enseñarle el club que acababan de abrir en el pueblo, encima de la oficina de correos. Corrieron colina abajo en manada, riendo y parloteando a la vez, algunos en francés, otros en inglés.

Alexandra entró en el frío sótano encalado donde las mujeres preparaban las mesas. Marie se había subido a una silla para montar una pequeña tienda hecha de chales, en cuyo interior iba a decir la buenaventura. Saltó al suelo y corrió hacia Alexandra, pero se detuvo en seco y la miró, decepcionada. Alexandra asintió con expresión alentadora.

—Oh, vendrá, Marie. Los chicos se lo han llevado para enseñarle no sé qué. No lo reconocerás. Desde luego ahora es un hombre hecho y derecho. Ya no es mi muchacho. Fuma unos cigarrillos mexicanos que huelen terriblemente mal y habla español. Qué guapa estás, chiquilla. ¿De dónde has sacado esos pendientes tan bonitos?

—Eran de la madre de mi padre. Él me había prometido dármelos desde hace tiempo. Me los envió con el vestido y dijo que podía quedármelos.

Marie llevaba una corta falda roja de grueso paño, un corpiño blanco y una túnica que le llegaba a las rodillas, un turbante de seda amarilla sobre los rizos castaños y largos pendientes de coral en las orejas. Los agujeros se los había hecho una tía abuela cuando tenía siete años, contra un trozo de corcho. En aquella época infructuosa, Marie llevó unas briznas de paja arrancadas a una escoba común y corriente en los lóbulos de las orejas hasta que se curaron los agujeros y quedaron listos para llevar unos pequeños aros de oro.

Cuando Emil volvió del pueblo, permaneció en la terraza con los chicos. Marie le oyó hablar y tocar la guitarra mientras Raoul Marcel cantaba con voz de falsete. Se enfadó con él por quedarse fuera. Le ponía muy nerviosa oírlo y no verlo porque, desde luego, se decía, no pensaba salir a buscarlo. Cuando sonó la campana anunciando la cena y los chicos entraron en tropel para conseguir sitio en la primera mesa, Marie se olvidó de su enojo y corrió a saludar al más alto de todos con su conspicuo traje. No le importó en absoluto que se viera su turbación. Enrojeció y rió, emocionada, al darle la mano a Emil, y contempló con deleite la chaqueta de terciopelo negro que hacía resaltar la piel blanca y la hermosa cabeza rubia de Emil. Marie era incapaz de mostrarse tibia con las cosas que le agradaban. Sencillamente no sabía cómo reaccionar de una forma moderada. Cuando se alegraba por algo, lo más probable era que se pusiera de puntillas y aplaudiera. Si la gente se reía de ella, ella reía también.

–¿Llevan los hombres trajes como éste todos los días, por la calle? –Cogió a Emil por la manga y le hizo dar la vuelta–. ¡Oh, ojalá viviera donde la gente lleva estas cosas! ¿Los botones son de plata auténtica? Ponte el sombrero, por favor.

¡Cuánto pesa! ¿Cómo puedes llevarlo? ¿Por qué no nos hablas de las corridas de toros?

Marie quería extraerle todas sus experiencias de inmediato, sin esperar un solo momento. Emil sonrió con indulgencia y la observó con su vieja y perturbadora mirada, mientras las chicas francesas hacían corro a su alrededor con sus vestidos blancos y sus cintas. Alexandra contemplaba la escena con orgullo. Marie sabía que varias de las chicas francesas esperaban ser sus acompañantes para la cena, y le alivió ver que elegía a su hermana. Marie cogió a Frank del brazo y lo arrastró a la misma mesa, arreglándoselas para sentarse frente a los Bergson, a fin de poder oír lo que decían. Alexandra hizo que Emil contara a la señora de Xavier Chevalier, la de los veinte hijos, la muerte de un famoso torero en el ruedo, que él había presenciado. Marie no se perdió palabra, y sólo apartó los ojos de Emil para mirar el plato de Frank y tenerlo siempre lleno. Cuando Emil terminó su relato –lo bastante sangriento para satisfacer a la señora Chevalier y hacerle sentirse agradecida por no ser torero–, Marie prorrumpió en una andanada de preguntas. ¿Cómo se vestían las mujeres cuando iban a los toros? ¿Llevaban mantillas? ¿No llevaban nunca sombrero?

Después de cenar, los jóvenes jugaron a las charadas para diversión de sus mayores, que cotilleaban entre una adivinanza y otra. Aquella noche, todas las tiendas de Sainte-Agnes se cerraron a las ocho para que los comerciantes y sus dependientes pudieran asistir a la feria. La subasta fue la parte más animada, porque los chicos franceses siempre perdían la cabeza cuando empezaban a pujar, convencidos de que su extravagancia era por una buena causa. Cuando se vendieron todos los acericos y cojines para sofá y zapatillas bordadas, Emil hizo cundir el frenesí al quitarse uno de los gemelos de turquesa que llevaba en el puño de la camisa, que todo el mundo había estado admirando, y entregárselo al subastador. Todas las chicas francesas lo reclamaron y sus enamorados pujaron unos contra otros sin la menor contención. Marie también lo quería y no dejó de hacer señales a Frank, que sintió un amargo placer en no hacerle caso. No veía la necesidad de armar tanto revuelo por un tipo, sólo porque vistiera como un payaso. Cuando el gemelo de turquesa acabó en manos de Malvina Sauvage, la hija del banquero francés, Marie se encogió de hombros y se metió en su pequeña tienda de chales, donde empezó a barajar las cartas a la luz de una vela de sebo, gritando: «¡La buenaventura, la bue-naventura!».

El joven sacerdote, el padre Duchesne, fue el primero en dejar que le leyera la buenaventura. Marie le cogió la larga y blanca mano, la miró y luego empezó a tirar las cartas.

–Veo un largo viaje por mar para usted, padre. Irá a una ciudad rodeada de agua por todas partes; parece construida sobre una isla, con ríos y campos verdes alrededor. Y visitará a una anciana señora con gorro blanco y zarcillos de oro en las orejas, y será muy feliz allí.

–*Mais oui* –dijo el sacerdote con una sonrisa melancóli-ca–. *C'est L'Isle-Adam, chez ma mère. Vous êtes très savante, ma fille.* –Dio una palmada a Marie en el turbante amarillo y gritó–: *Venez donc, mes garçons! Il y a ici une veritable clairvo-yante!**

Marie hizo sus predicciones con inteligencia, dándoles un toque de ironía que divirtió a la multitud. Le dijo al viejo Brunot, el avaro, que perdería todo su dinero, se casaría con una jovencita de dieciséis años y viviría feliz de mendrugos de pan. Sholte, el obeso chico ruso, que vivía para llenar el estómago, iba a sufrir una decepción amorosa, adelgazaría y se pegaría un tiro por abatimiento. Amédée tendría veinte hijos, y diecinueve de ellos serían niñas. Amédée dio una palmada a Frank en la espalda y le pregunto por qué no le preguntaba a la adivinadora qué le prometía para el futuro. Pero Frank se apartó de la amistosa mano y gruñó:

–¡A mí me lo dijo hace tiempo, y no fue nada bueno! –Entonces se retiró a un rincón y se sentó, lanzando miradas fulminantes a su mujer.

El caso de Frank era especialmente doloroso, porque no había nadie en particular de quien pudiera estar celoso. A veces habría dado las gracias al hombre que le hubiera mostrado pruebas contra su mujer. Había despedido a un buen peón de la granja, Jan Smirka, porque creía que Marie le tenía cariño; pero ella no había parecido echarle de menos, y se había mostrado igual de amable con el muchacho siguiente. Los peones de la granja estaban siempre dispuestos a hacer cuanto Marie les pidiera, y Frank no lograba encontrar a ninguno tan huraño que no hiciera un esfuerzo por complacerla. En el fondo de su corazón, Frank sabía

---

* Sí (…). Es L'Isle-Adam, la casa de mi madre. Eres muy sabia, hija mía. (…) ¡Vengan, muchachos! ¡Aquí tienen a una verdadera clarividente!

muy bien que si olvidaba por una vez el rencor, su mujer volvería a él. Pero jamás podría hacer eso. El rencor era innato. Tal vez no habría podido desprenderse de él aunque lo hubiera intentado. Tal vez obtenía una satisfacción mayor creyéndose insultado que la que podía extraer de saberse querido. Si hubiera podido hacer a Marie completamente desdichada en alguna ocasión, tal vez habría cedido y la habría levantado del polvo. Pero ella jamás se había humillado. En los primeros tiempos de su amor, Marie había sido su esclava, abandonándose a él con total admiración. Pero en cuanto él había empezado a hacerse el tirano y a ser injusto con ella, Marie había empezado a distanciarse; al principio con lloroso asombro, luego con tranquila y callada indignación. La brecha entre ellos se había ensanchado, endureciéndose cada vez más. Ya no se contraía y los unía de pronto. La chispa vital de Marie se dirigía hacia otro lado y él estaba siempre vigilante para sorprenderla. Sabía que ella habría de encontrar un sentimiento del que vivir en alguna otra parte, porque no era una mujer que pudiera vivir sin amar. Quería demostrarse a sí mismo la traición que intuía. ¿Qué ocultaba ella en su corazón? ¿En quién lo tenía puesto? Incluso Frank tenía su delicadeza, aunque grosera; nunca recordaba a Marie cuánto lo había amado. Marie se lo agradecía.

Mientras Marie parloteaba con los chicos franceses, Amédée llamó a Emil al fondo de la habitación y le susurró que iban a gastar una broma a las chicas. A las once, Amédée subiría al vestíbulo, donde estaba el interruptor general, y apagaría las luces, y todos los chicos tendrían ocasión de besar a sus enamoradas antes de que el padre Duchesne encontrara el camino de la escalera y subiera a dar la corriente otra vez. La única dificultad estaba en la vela de la tienda de Marie; tal vez, como Emil no tenía enamorada, haría a los chicos el favor de apagar la vela. Emil se comprometió a hacerlo.

A las once menos cinco, Emil se acercó despacio a la tienda de Marie, y los chicos franceses se dispersaron para ir en busca de las chicas. Emil se apoyó en la mesa de cartas y se dedicó a mirarla.

—¿Crees que podrías decirme la buenaventura? —musitó. Eran las primeras palabras que le dirigía a solas desde hacía casi un año—. Mi suerte no ha cambiado lo más mínimo. Es la misma de siempre.

Marie se había preguntado a menudo si había alguien más que pudiera transmitir los pensamientos con la mirada como Emil. Aquella noche, al encontrarse con sus firmes y poderosos ojos, le resultó imposible no sentir la dulzura del sueño que él soñaba; le llegó antes de que pudiera cerrarse a él, y se ocultó en su corazón. Marie empezó a barajar las cartas furiosamente.

—Estoy enfadada contigo, Emil —dijo con mal genio—. ¿Por qué les has dado esa preciosa piedra azul para que la vendieran? Deberías haber pensado que Frank no me la compraría, ¡y yo la deseaba tanto!

Emil soltó una breve carcajada.

—Estas bagatelas deberían ser para la gente que quiere tenerlas —dijo con tono cortante. Metió la mano en el bolsillo de sus pantalones de terciopelo y sacó un puñado de tur-

quesas sin tallar, grandes como canicas. Inclinándose sobre
la mesa, las dejó caer en el regazo de Marie–. Toma, ¿tienes
bastante con éstas? Cuidado, no dejes que las vea nadie.
Bueno, supongo que ahora querrás que me vaya para poder
jugar con ellas.

Marie contempló extasiada el pálido color azul de las
piedras.

–¡Oh, Emil! ¿Todo es tan hermoso como esto allá abajo?
¿Cómo has podido marcharte de allí?

En aquel instante, Amédée puso las manos sobre el interruptor general. Hubo cierto revuelo y una risita, y todos
miraron hacia el rojo parpadeo de la vela de Marie en la
oscuridad. Inmediatamente también éste se apagó. La oscura sala se llenó de pequeños gritos y suaves carcajadas. Marie
se levantó… para caer directamente en brazos de Emil. En
el mismo instante notó sus labios. El velo que había estado
suspendido entre ellos de manera incierta durante tanto
tiempo se disolvió. Antes de que supiera lo que estaba
haciendo, Marie se entregó a ese beso que era el de un
chico y el de un hombre al mismo tiempo, tan tímido como
tierno, tan típico de Emil y tan diferente del de cualquier
otra persona en el mundo. No comprendió lo que significaba hasta que terminó. Y Emil, que tan a menudo había imaginado la sorpresa de aquel primer beso, se sorprendió por
su suavidad y su naturalidad. Fue como un suspiro que
hubieran respirado juntos; casi apesadumbrado, como si
cada uno de ellos temiera despertar algo en el otro.

Cuando las luces volvieron a encenderse, todo el mundo
reía y gritaba, y todas las chicas francesas estaban ruboriza-

das y resplandecían de alegría. Sólo Marie, en su pequeña tienda de chales, estaba pálida y callada. Bajo el turbante amarillo, los pendientes de coral rojo colgaban junto a unas mejillas blancas. Frank seguía con la vista fija en ella, pero no pareció darse cuenta de nada. Años atrás, también él había tenido el poder de quitarle el color de las mejillas de aquella manera. Tal vez no lo recordaba, ¡tal vez nunca se había dado cuenta! Emil estaba ya en el otro extremo de la sala, paseándose con el movimiento de hombros que había adquirido entre los mexicanos, observando el suelo con sus penetrantes ojos hundidos. Marie empezó a desmontar la tienda y a doblar los chales. No volvió a levantar la vista. Los jóvenes se fueron hacia el otro extremo de la sala, donde sonaba una guitarra. Oyó entonces a Emil y a Raoul cantando:

Across the Rio Grand-e
There lies a sunny land-e,
*My bright-eyed Mexico!**

Alexandra Bergson se acercó a la tienda de cartas.

–Deja que te ayude, Marie. Pareces cansada.

Puso una mano sobre el brazo de Marie y notó que temblaba. Marie se puso rígida al notar la mano amable y tranquila. Alexandra la retiró, perpleja y dolida.

Alexandra tenía algo de esa calma imperturbable del fata-

---

* «Al otro lado del río Grande
Hay una tierra soleada,
Mi México de ojos brillantes».

lista, siempre desconcertante para los más jóvenes, que no podían creer que el corazón viviera en absoluto a menos que siguiera a merced de tempestades; a menos que sus fibras gritaran de dolor.

II

El banquete de boda de Signa había terminado. Los invitados y el tedioso y menudo predicador noruego que había celebrado el matrimonio se despedían ya, dando las buenas noches. El viejo Ivar estaba enganchando los caballos al carro para llevar los regalos de boda y a los novios a su nueva morada, en la zona norte de la propiedad de Alexandra. Cuando Ivar llevó el carro hasta la verja, Emil y Marie Shabata salieron de la casa con los regalos, y Alexandra fue a su habitación para despedirse de Signa y darle unos cuantos consejos. Le sorprendió ver que la novia había cambiado los zapatos por unas gruesas botas y que se remangaba las faldas. En aquel momento apareció Nelse en la verja con las dos vacas lecheras que Alexandra había ofrecido a Signa como regalo de boda.

Alexandra se echó a reír.

—Pero, Signa, Nelse y tú iréis a casa en el carro. Mañana os enviaré a Ivar con las vacas.

Signa vaciló con expresión perpleja. Cuando su marido la llamó, se puso el alfiler en el sombrero con decisión.

–Crreo que serrá mejor que haga lo que él dice –musitó, azorada.

Alexandra y Marie acompañaron a Signa hasta la verja y esperaron a que la comitiva se pusiera en marcha, el viejo Ivar delante, conduciendo el carro, y la novia y el novio detrás, a pie, llevando cada uno una vaca. Emil estalló en carcajadas antes de que estuvieran lo bastante lejos para no oírle.

–Ese par sabrá arreglárselas muy bien –dijo Alexandra, cuando volvieron a la casa–. No van a correr ningún riesgo. Se sentirán mejor cuando tengan las vacas en su propio establo. Marie, la próxima que traiga será una mujer mayor. En cuanto las tengo enseñadas, las chicas se me casan.

–¡Estoy enfadada con Signa! ¡Mira que casarse con ese gruñón! –manifestó Marie–. Yo quería que se casara con Smirka, aquel chico tan agradable que trabajó para nosotros el invierno pasado. Creo que a ella también le gustaba.

–Sí, creo que sí –corroboró Alexandra–, pero supongo que tenía demasiado miedo a Nelse para casarse con otro que no fuera él. Ahora que lo pienso, la mayoría de mis chicas se han casado con hombres a los que temían. Creo que la mayoría de chicas suecas tienen un carácter muy parecido a las vacas. Vosotras, las apasionadas bohemias, no podéis comprendernos. Nosotras somos gente tremendamente práctica, y supongo que creemos que un hombre malhumorado será un buen administrador.

Marie se encogió de hombros y se volvió para sujetarse un rizo que le había caído en el cuello. Sin saber por qué, Alexandra la irritaba últimamente. Todo el mundo la irritaba. Estaba cansada de todos.

–Me voy sola a casa, Emil, así que no hace falta que vayas a buscar el sombrero –dijo, poniéndose rápidamente el pañuelo en la cabeza–. Buenas noches, Alexandra –gritó con voz forzada, corriendo por el sendero de grava.

Emil la siguió a grandes zancadas hasta darle alcance. Luego empezó a caminar despacio. Era una noche de cálida brisa y pálida luz de estrellas, y las luciérnagas despedían su trémulo brillo sobre el trigo.

–Marie –dijo Emil al cabo de un rato–, me pregunto si sabes lo desdichado que soy.

Marie no respondió. Su cabeza, envuelta en el pañuelo blanco, cayó un poco hacia delante.

Emil dio una patada a un terrón de tierra y prosiguió:

–Me pregunto si eres tan frívola como pareces. A veces creo que un chico te sirve igual que cualquier otro. Nunca parece haber mucha diferencia si soy yo o Raoul o Marcel o Jan Smirka. ¿Eres realmente así?

–Tal vez. ¿Qué quieres que haga? ¿Pasarme el día sentada llorando? Cuando he llorado hasta que no me quedan lágrimas, pues… pues tengo que hacer alguna otra cosa.

–¿Sientes pena por mí? –insistió él.

–No. Si yo fuera grande y libre como tú, no dejaría que nada me hiciera desgraciada. Como dijo el viejo Napoleon Brunot en la feria, no andaría detrás de ninguna mujer. Cogería el primer tren y me iría en busca de diversión.

–Lo intenté, pero no me sirvió de nada. Todo me recordaba a ti. Cuanto más agradable era el lugar, más te deseaba a ti. –Habían llegado a los escalones de la cerca y Emil los señaló con gesto persuasivo–. Siéntate un momento, quiero preguntarte algo. –Marie se sentó en el escalón más alto y Emil se acercó a ella–. ¿Me dirías una cosa que no es asunto mío, si creyeras que podría ayudarme? Bien, entonces, dime, por favor, dime, ¿por qué te fugaste con Frank Shabata?

Marie se echó hacia atrás.

–Porque estaba enamorada de él –respondió con firmeza.

–¿De verdad? –preguntó él, incrédulo.

–Sí, de verdad. Estaba muy enamorada de él. Creo que fui yo la que sugirió que nos fugásemos. Desde el principio tuve yo más la culpa que él.

Emil volvió el rostro.

–Y ahora –añadió Marie–, tengo que recordarlo. Frank es exactamente igual ahora que entonces, sólo que yo entonces lo veía como quería verlo. Quería salirme con la mía. Y ahora debo pagar por ello.

–No eres tú la única que lo está pagando.

–En efecto. Cuando uno comete un error, nunca se sabe dónde terminará. Pero tú puedes irte; puedes dejar atrás todo esto.

–Todo no. No puedo dejarte a ti. ¿Vendrás conmigo, Marie?

Marie se levantó y pasó al otro lado de la cerca.

–¡Emil! ¡No digas esas cosas! No soy de ese tipo de chica, y tú lo sabes. Pero ¿qué voy a hacer si sigues atormentándome de esta forma? –añadió con tono lastimero.

–Marie, no te molestaré nunca más si me dices una cosa. Espera un segundo y mírame. No, no nos ve nadie. Todo el mundo está durmiendo. Eso era sólo una luciérnaga. ¡Marie, para y dímelo!

Emil la alcanzó, y aferrándola por los hombros, la zarandeó suavamente, como si intentara despertar a una sonámbula.

Marie ocultó el rostro en su brazo.

–No me preguntes nada más. No sé nada excepto lo desgraciada que soy. Y pensaba que todo se arreglaría cuando volvieras. Oh, Emil –se aferró a su manga y empezó a llorar–, ¿qué voy a hacer si no te vas? Yo no puedo irme, y uno de los dos debe hacerlo. ¿Es que no lo ves?

Emil la miró con los hombros rígidos, tensando el brazo al que ella se agarraba. El vestido blanco de Marie parecía gris en la oscuridad. Parecía un espíritu atormentado, una sombra surgida de la tierra para aferrarse a él y suplicarle que la dejara en paz. Detrás de ella, las luciérnagas revoloteaban sobre el trigo. Emil puso la mano sobre la cabeza inclinada.

–Por mi honor, Marie, si me dices que me amas, me iré.

Ella alzó el rostro.

–¿Cómo podría evitarlo? ¿Es que no lo sabes ya?

Emil era el que temblaba, todo su cuerpo se estremecía. Después de dejar a Marie junto a la verja de su casa, estuvo toda la noche vagando por los campos, hasta que la mañana apagó las luciérnagas y la luz de las estrellas.

III

Una noche, una semana después de la boda de Signa, Emil estaba arrodillado ante una caja en la sala de estar, empaquetando sus libros. De vez en cuando se levantaba y recorría la casa, recogiendo con apatía ejemplares descuidados para meterlos en la caja. Empaquetaba sus cosas sin entusiasmo. No era muy optimista sobre su futuro. Alexandra estaba sentada junto a la mesa, cosiendo. Le había ayudado a llenar el baúl por la tarde. En sus idas y venidas en busca de libros por delante de su hermana, Emil pensó que no le había costado tanto dejarla desde la primera vez que se había ido para estudiar en la universidad. Ahora partía en dirección a Omaha para aprender derecho en el despacho de un abogado sueco hasta octubre, y entonces entraría en la facultad de derecho de Ann Arbor. Habían planeado que Alexandra iría a Michigan –un viaje muy largo para ella– en Navidad, y que pasaría varias semanas con él. Aun así, Emil tenía la sensación de que aquella despedida sería más definitiva que las anteriores, que significaba una ruptura definitiva con su hogar y que era el principio de algo nuevo, aunque no sabía qué. Sus ideas sobre el futuro no acababan de cristalizar; cuanto más pensaba en ello, más vagas se volvían. Pero una cosa estaba clara, se dijo, ya era hora de que hiciera algo por Alexandra, y eso debería ser estímulo suficiente para empezar.

Mientras andaba recogiendo sus libros, se sentía como si arrancara cosas de raíz. Finalmente se tumbó en el viejo diván de piel de oveja en el que había dormido de niño, y miró las grietas familiares del techo.

—¿Cansado, Emil? —preguntó su hermana.

—Perezoso —murmuró él, poniéndose de lado para mirarla. Estudió el rostro de Alexandra durante un buen rato a la luz de la lámpara. Jamás se le había ocurrido que su hermana fuera una mujer guapa hasta que se lo había dicho Marie Shabata. En realidad, nunca había pensado en ella como una mujer, sino tan sólo como una hermana. Mientras contemplaba la inclinada cabeza, miró el retrato de John Bergson que colgaba sobre la lámpara. «No —pensó—, no lo heredó de él. Supongo que yo me parezco más.»

—Alexandra —dijo de pronto—, ese viejo escritorio de nogal que utilizas era de padre, ¿verdad?

—Sí —dijo Alexandra sin dejar de coser—. Fue una de las primeras cosas que compró para la vieja casa de troncos. Fue un gran despilfarro en aquellos tiempos. Pero escribía muchas cartas a nuestro país. Había dejado allí muchos amigos que no dejaron de escribirle hasta su muerte. Nadie le echó en cara nunca el deshonor del abuelo. Lo recuerdo perfectamente, sentado en su escritorio un domingo cualquiera, con la camisa blanca, escribiendo páginas y más páginas con gran pulcritud. Tenía una bonita letra, casi de grabado. La tuya se parece un poco, cuando te esfuerzas.

–El abuelo fue realmente deshonesto, ¿verdad?

–Se casó con una mujer sin escrúpulos y luego…, luego me temo que fue realmente deshonesto. Cuando llegamos a este país, padre soñaba con hacer una gran fortuna y volver a Suecia para devolver a los pobres marinos el dinero que había perdido el abuelo.

Emil se removió en el diván.

–Oye, eso habría valido la pena, ¿verdad? Padre no se parecía en nada a Lou ni a Oscar, ¿no es cierto? No recuerdo gran cosa de él antes de que se pusiera enfermo.

–¡Oh, no, en absoluto! –Alexandra dejó caer la labor sobre las rodillas–. Tuvo mejores oportunidades, no de hacer dinero, sino de educarse. Era un hombre tranquilo, pero muy inteligente. Te habrías sentido orgulloso de él, Emil.

Alexandra intuyó que a él le habría gustado saber que en su familia había un hombre al que poder admirar. Sabía que Emil se avergonzaba de Lou y Oscar, porque eran intolerantes y engreídos. Nunca hablaba mucho de ellos, pero Alexandra notaba su repugnancia. Sus hermanos le habían demostrado su desaprobación desde que se había ido a estudiar a la universidad. Les molestaron todos los cambios operados en su forma de hablar y de vestir y en sus puntos de vista; aunque sobre estos últimos sólo sabían los que se referían a temas estrictamente familiares. Todo lo que a él le interesaba, a ellos les parecía pura afectación.

Alexandra reanudó la labor.

–Recuerdo a padre cuando era un hombre joven. Pertenecía a una especie de sociedad musical, un coro masculino, en Estocolmo. Recuerdo haber ido con madre a oírles cantar. Debían de ser un centenar y llevaban largas chaquetas negras y corbatas blancas. Yo estaba acostumbrada a ver a padre con una chaqueta azul corta, y cuando lo reconocí allí subido, en la plataforma, me sentí muy orgullosa de él. ¿Recuerdas aquella canción sueca que te enseñó sobre un grumete?

–Sí. Se la cantaba a los mexicanos. Les gusta todo lo que es diferente. –Emil hizo una pausa–. Padre tuvo que luchar mucho aquí, ¿verdad? –añadió pensativamente.

–Sí, y murió en una hora sombría. Aun así, no perdió la esperanza. Creía en esta tierra.

–Y en ti, imagino –dijo Emil para sí mismo. Se produjo un nuevo intervalo de silencio; aquel silencio cálido y afable, llenado por una compenetración perfecta, en el que Emil y Alexandra habían pasado muchos de sus ratos más felices.

Por fin Emil dijo bruscamente:

–Lou y Oscar serían mejores si fueran pobres, ¿no crees?

Alexandra sonrió.

–Tal vez. Pero sus hijos no. Tengo grandes esperanzas puestas en Milly.

–No sé –dijo Emil, estremeciéndose–. Tengo la impresión de que empeora cada vez más. Lo peor de los suecos es que nunca están dispuestos a descubrir todo lo que ignoran. En la universidad también era así. ¡Siempre tan satisfechos de sí mismos! No hay manera de traspasar esa ufana sonrisa sueca. Los bohemios y los alemanes eran muy diferentes.

–Vamos, Emil, no critiques a tu propia gente. Padre no era engreído en absoluto, el tío Otto tampoco. Ni siquiera Lou y Oscar eran así de jóvenes.

Emil la escuchó con incredulidad, pero no discutió con ella. Se tumbó otra vez de espaldas y se quedó callado mucho rato, con las manos enlazadas bajo la cabeza, mirando al techo. Alexandra sabía que pensaba en infinidad de cosas. No le preocupaba Emil. Siempre había tenido fe en él, igual que en la tierra. Emil había vuelto a parecerse al de siempre desde su vuelta de México; parecía contento de estar en casa y hablaba con ella como antes. A Alexandra no le cabía duda de que se le había pasado la afición por recorrer mundo, y que pronto sentaría la cabeza.

–Alexandra –dijo Emil de repente–, ¿recuerdas el pato salvaje que vimos en el río aquella vez?

Su hermana levantó la cabeza.

–Pienso a menudo en él. Siempre tengo la impresión de que sigue allí, tal como lo vimos.

–Lo sé. Es extraño lo que uno recuerda y lo que olvida. –Emil bostezó y se incorporó–. Bueno, es hora de acostarse. –Se levantó, y acercándose a Alexandra, se agachó y le dio un ligero beso en la mejilla–. Buenas noches, hermana. Creo que hiciste un buen trabajo con todos nosotros.

Emil cogió su lámpara y subió a acostarse. Alexandra se quedó a terminar una camisa de dormir nueva, que iría en la bandeja superior del baúl de su hermano.

IV

A la mañana siguiente, Angélique, la mujer de Amédée, estaba en la cocina haciendo pasteles ayudada por la vieja señora Chevalier. Entre la mesa de amasar y la estufa había una vieja cuna, la de Amédée, que ahora ocupaba su hijo de ojos negros. Cuando Angélique, agitada y roja la cara, con las manos enharinadas, se agachó para sonreír a su bebé, Emil Bergson llegó a la puerta de la cocina a lomos de su yegua y desmontó.

–Médée está en el campo, Emil –dijo Angélique, corriendo hacia el horno–. Hoy empieza a segar el trigo; el primero de por aquí en estar listo para la siega. Ha comprado una segadora nueva, ¿sabes?, porque el trigo es muy corto este año. Espero que pueda alquilársela a los vecinos, porque ha costado un dineral. Sus primos y él compraron una trilladora de vapor a plazos. Deberías ir a ver cómo funciona esa segadora nueva. Yo lo he estado mirando una hora esta mañana, con todo el trabajo que tengo para alimentar a los hombres. Tiene un montón de peones, pero él es el único que sabe llevar la segadora y hacer funcionar la trilladora, así que ha de estar en todas partes a la vez. Está enfermo, además, y debería meterse en la cama.

Emil se inclinó sobre Hector Baptiste e intentó que el bebé cerrara los párpados sobre los negros ojos redondos y brillantes.

—¿Enfermo? ¿Qué le pasa a tu papá, muchacho? ¿Le has obligado a pasearte esta noche?

—¡Ni hablar! —dijo Angélique con un bufido—. Nosotros no tenemos esa clase de bebés. Ha sido su padre quien ha tenido despierto a Baptiste. Me he pasado la noche levantándome para hacer cataplasmas de mostaza y ponérselas sobre el estómago. Ha tenido un cólico terrible, Esta mañana decía que se encontraba mejor, pero creo que no debería estar en el campo, acalorándose de esa manera.

Angélique no parecía demasiado preocupada, no porque le fuera indiferente, sino porque se sentía muy segura de su buena suerte. Sólo podían pasar cosas buenas a un hombre joven, rico, guapo y lleno de energía como Amédée, con un recién nacido en la cuna y una segadora nueva en el campo.

Emil acarició la negra pelusa de la cabeza de Baptiste.

—Oye, Angélique, una de las abuelas de 'Médée debió de ser una mujer india. Este niño es igualito que los bebés indios.

Angélique le hizo una mueca, pero a la señora Chevalier le habían tocado en un punto delicado, y soltó tal chorreón en enfurecido *patois** que Emil salió huyendo de la cocina y montó en su yegua.

Emil abrió la cerca del pasto desde la silla y cabalgó por el

---

* En general, cualquier dialecto regional, especialmente entre los campesinos, y en este caso del francés.

campo hasta el claro donde estaba la trilladora, accionada por un motor fijo y alimentada por los tubos de la segadora. Dado que Amédée no se encontraba junto al motor, Emil siguió cabalgando hasta el trigal, donde reconoció al mando de la segadora la figura menuda y enjuta de su amigo, sin chaqueta, con la blanca camisa hinchada por el viento y el sombrero de paja calado airosamente en un lado de la cabeza. Los seis grandes caballos de labor que tiraban, o más bien empujaban la segadora, marchaban en columna a buen paso y, como eran nuevos todavía en aquella tarea, requerían la dirección de Amédée, sobre todo cuando giraban en las esquinas, donde se dividían en tres y tres, y luego daban la vuelta y volvían a alinearse con un movimiento que parecía tan complejo como los de la artillería. Emil sintió una nueva oleada de admiración hacia su amigo y, con ella, la vieja punzada de envidia por el modo en que Amédée podía llevar a cabo con su fortaleza cualquier tarea que emprendiera y sentir que, fuera lo que fuera, era la cosa más importante del mundo. «Tengo que traer a Alexandra para que vea cómo funciona esta cosa –pensó Emil–. ¡Es magnífico!»

Cuando Amédée vio a Emil, le saludó con la mano y llamó a uno de sus veinte primos para que cogiera las riendas. Se bajó de la segadora sin detenerla y corrió hacia Emil, que había desmontado.

–Ven –gritó–. He de ir un momento a revisar el motor. Lo maneja un hombre sin experiencia y tengo que vigilarlo.

Emil pensó que el joven estaba más rojo de lo normal y más agitado incluso de lo que cabe esperar cuando se dirige una enorme granja en un momento crítico. Cuando pasaron por detrás de un almiar del año anterior, Amédée se agarró el lado derecho y se desplomó sobre la paja.

—¡Au! Tengo un dolor terrible, Emil. Algo me pasa aquí dentro, seguro.

Emil le palpó la roja mejilla.

—Deberías meterte en la cama ahora mismo, 'Médée, y telefonear al médico; eso es lo que deberías hacer.

Amédée se puso en pie tambaleándose y con un gesto de desesperación.

—¿Cómo voy a hacer eso? No tengo tiempo para estar enfermo. He de amortizar una maquinaria nueva por valor de tres mil dólares y el trigo está tan maduro que empezará a estropearse la semana que viene. Mi trigo es corto, pero tiene los granos grandes y gordos. ¿Por qué reduce la velocidad? Creo que no tenemos suficientes tubos para alimentar la trilladora.

Amédée atravesó los rastrojos a toda prisa, inclinándose un poco hacia la derecha al correr y haciendo señas al hombre que accionaba el motor para que no lo parara.

Emil comprendió que no era buen momento para hablar de sus propios asuntos. Montó en su yegua y se fue a Sainte-Agnes para despedirse de sus amigos. Primero fue a ver a Raoul Marcel, y lo encontró ensayando inocentemente el «Gloria» para la gran misa de confirmación del domingo mientras pulía los espejos de la cantina de su padre.

Cuando Emil cabalgaba de vuelta a casa a las tres de la tarde, vio a Amédée que llegaba del trigal tambaleándose, sujeto por dos de sus primos. Emil se detuvo y les ayudó a meterlo en la cama.

V

Cuando Frank Shabata llegó de trabajar a las cinco de la tarde, el viejo Moïse Marcel, el padre de Raoul, telefoneó para decirle que Amédée había sufrido un ataque en su trigal y que el doctor Paradis iba a operarle tan pronto como llegara el médico de Hanover para ayudarle. Frank lo comentó en la mesa, cenó a toda prisa y se fue cabalgando hasta Sainte-Agnes, donde habría una compasiva charla sobre Amédée en la cantina de Marcel.

En cuanto Frank se marchó, Marie telefoneó a Alexandra. Fue un consuelo para ella oír la voz de su amiga. Sí, Alexandra sabía todo lo que se podía saber sobre Amédée. Emil estaba allí cuando lo habían llevado a casa desde el trigal, y se había quedado con él hasta que los médicos le habían operado de apendicitis a las cinco. Los médicos temían que fuera demasiado tarde; debería haberse operado hacía tres días. Amédée estaba muy grave. Emil acababa de volver a casa, agotado y enfermo también él. Alexandra le había dado un poco de brandy y lo había acostado.

Marie colgó. La enfermedad del pobre Amédée adquiría

219

un nuevo significado para ella, ahora que sabía que Emil había estado con él. Muy bien podría haber sido al revés, ¡Emil enfermo y Amédée triste! Marie paseó la mirada por la sala de estar en penumbra. Muy pocas veces se había sentido tan completamente sola. Si Emil dormía, no existía siquiera la posibilidad de que fuera a verla, y ella no podía ir a casa de Alexandra buscando comprensión. Tenía intención de contárselo todo a ella en cuanto se fuera Emil. Entonces, lo que quedara entre ellas sería sincero.

Pero no podía quedarse en casa aquella noche. ¿Adónde iría? Atravesó lentamente el huerto, donde el olor a algodón silvestre llenaba el aire nocturno. El olor fresco y penetrante de las rosas silvestres había dado paso a aquel perfume más intenso de mitad del verano. Allí donde aquellas bolas de color gris rosáceo colgaban de sus tallos lechosos, el aire se impregnaba de su aroma. El cielo estaba aún rojo en el oeste y el lucero vespertino brillaba directamente sobre el molino de viento de los Bergson. Marie cruzó la cerca por la esquina del campo de trigo y caminó lentamente por el sendero que conducía a la casa de Alexandra. No podía evitar sentirse dolida porque Emil no había ido a contarle lo de Amédée. No le parecía natural que no hubiera ido. Si ella hubiera padecido una situación semejante, desde luego Emil habría sido la primera persona en el mundo a la que habría querido ver. Tal vez quería que comprendiera que para ella era como si ya se hubiera marchado.

Marie recorría el sendero con lentitud, revoloteando, como una palomilla blanca surgida de los campos. Los años parecían extenderse ante ella como la tierra; primavera, verano, otoño, invierno, primavera; siempre los mismos campos pacientes, los mismos arbolitos pacientes, las pacientes vidas; siempre la misma ansiedad, el mismo tirón de la cadena, hasta que el instinto de supervivencia se desgarrara y sangrara y se debilitara por última vez, hasta que la cadena sujetara a una mujer muerta, a la que podía liberarse con prudencia. Marie siguió caminando con el rostro vuelto hacia la remota e inaccesible estrella.

Cuando llegó a los escalones de la cerca, se sentó y esperó. ¡Qué terrible era amar a una persona cuando uno no podía compartir su vida!

Sí, en lo que a ella respectaba, Emil ya se había ido. No podían volver a encontrarse. No tenían nada que decirse. Habían gastado hasta la última moneda de la calderilla; ya sólo les quedaba el oro. Los días de las prendas de amor habían pasado. Ahora sólo podían entregarse el corazón. Y cuando Emil se hubiera ido, ¿cómo sería su vida? En algunos aspectos sería más fácil. Por lo menos no viviría con un temor continuo. Si Emil estaba lejos trabajando, no tendría la sensación de que ella le arruinaba la vida. Con el recuerdo que le dejara, podría ser tan imprudente como quisiera. A nadie afectaría salvo a ella misma, y eso ¡qué importaba! Su caso era claro. Cuando una chica amaba a un hombre y luego amaba a otro mientras el primero aún vivía, todo el mundo sabía qué pensar de ella. Lo que le ocurriría no tenía importancia, mientras no arrastrara a otras personas al abismo con ella. Lejos de allí Emil, Marie podría olvidarse de todo lo demás y vivir una nueva vida de amor perfecto.

Marie abandonó los escalones de la cerca de regañadientes. A pesar de todo, pensaba que tal vez él iba a acudir allí. Y cómo debería alegrarse, pensó, de que estuviera dormido. Dejó el sendero y atravesó los pastos. La luna era casi llena. Una lechuza ululaba en alguna parte. Caminaba sin haberse decidido por una dirección determinada cuando ante ella apareció el reluciente estanque donde Emil había disparado a los patos. Se detuvo y lo contempló. Sí, había un modo desagradable de dejar esta vida, si uno lo elegía. Pero ella no quería morir. Quería vivir y soñar... ¡cien años, toda la eternidad!, ¡mientras aquella dulzura inundara su corazón, mientras su pecho pudiera albergar aquel tesoro de dolor! Se sintió como debía sentirse el estanque cuando contenía a la luna de aquella manera, cuando rodeaba aquella imagen dorada y se crecía con ella.

A la mañana siguiente, cuando Emil bajó, Alexandra se acercó a él en la sala de estar y le puso las manos sobre los hombros.

–Emil, he ido a tu habitación en cuanto ha amanecido, pero dormías tan profundamente que no he querido despertarte. No podías hacer nada, así que te he dejado dormir. Telefonearon de Sainte-Agnes para decir que Amédée murió a las tres de la madrugada.

VI

La Iglesia ha sostenido siempre que la vida es para los vivos. El sábado, mientras la mitad del pueblo de Sainte-Agnes lamentaba la muerte de Amédée y sacaba los trajes negros de funeral para el entierro del lunes, la otra mitad estaba ocupada en preparar los vestidos y los velos blancos para la gran misa de confirmación del día siguiente, en la que el obispo confirmaría a un centenar de escolares. El padre Duchesne dividía su tiempo entre los vivos y los muertos. Durante todo el sábado, la iglesia fue escenario de una actividad febril, un tanto amortiguada por el recuerdo de Amédée. El coro ensayaba una misa de Rossini que habían estudiado para la ocasión. Las mujeres adornaban el altar, los escolares llevaban flores.

El domingo por la mañana, el obispo llegaría a Sainte-Agnes procedente de Hanover, y a Emil Bergson le habían pedido que ocupara el lugar de uno de los primos de Amédée en el cortejo de cuarenta jóvenes franceses que iban a salir al encuentro del carruaje del obispo. A las seis de la mañana del domingo, los jóvenes se congregaron en la iglesia. Hablaron en voz baja de su camarada muerto, sujetando los caballos de las riendas. No dejaban de repetir que Amédée había sido siempre un buen chico, lanzando miradas hacia la iglesia de ladrillo rojo que había desempeñado un papel tan importante en su vida, que había sido escenario de sus momentos más serios y de sus horas más felices. A su sombra había jugado, había luchado, había cantado y cortejado a su mujer. Hacía apenas tres semanas que había entrado allí orgullosamente con su bebé en brazos para bautizarlo. No dudaban de que aquel brazo invisible rodeaba aún a Amédée, que a través de la iglesia terrenal había pasado a la iglesia triunfante, el objetivo de las esperanzas y la fe de tantos siglos.

Cuando se dio la orden de montar, los jóvenes salieron del pueblo al paso, pero una vez entre los trigales y bajo el sol de la mañana, los caballos y su propia juventud pudieron más que ellos. Una oleada de celo y de vivo entusiasmo se adueñó de ellos. Anhelaban una Jerusalén que libertar. El ruido sordo de los cascos de los caballos al galope interrumpió más de un desayuno y llevó a más de una mujer y de un niño a la puerta de las granjas por las que pasaban. A ocho kilómetros al este de Sainte-Agnes toparon con el carruaje abierto del obispo, al que acompañaban dos sacerdotes. Los jóvenes se quitaron el sombrero como un solo hombre en un ampuloso saludo, e inclinaron la cabeza mientras el noble anciano alzaba dos dedos para darles su bendición episcopal. Los jinetes rodearon el carruaje como una guardia de escolta, y siempre que un caballo inquieto escapaba al control y salía disparado carretera adelante, el obispo reía y se frotaba las manos gordezuelas.

–¡Qué muchachos tan magníficos! –dijo a sus sacerdotes–. La Iglesia sigue teniendo su caballería.

Cuando la tropa pasó por el cementerio situado a un kilómetro al este del pueblo –allí se había alzado el primer edificio de madera de la iglesia–, el viejo Pierre Séguin estaba ya allí con su pico y su pala, cavando la tumba de Amédée. Pierre se arrodilló y se descubrió la cabeza al paso del obispo. De común acuerdo, los jóvenes desviaron la vista hacia la iglesia roja de la colina con la cruz dorada resplandeciente en la torre.

La misa se celebraría a las once. Mientras se llenaba la iglesia, Emil Bergson esperó fuera, observando los carros y las calesas que ascendían la colina. Cuando empezó a sonar la campana, vio a Frank Shabata que llegaba a caballo y lo ataba al poste. Así pues, Marie no asistiría. Emil dio media vuelta y entró en la iglesia. El banco de Amédée era el único que estaba vacío y se sentó en él. Estaban algunos de los primos de Amédée, de luto y llorando. Cuando se llenaron todos los bancos, los hombres, jóvenes y viejos, ocuparon el espacio libre que quedaba al fondo de la iglesia y se arrodillaron en el suelo. Apenas había una sola familia en el pueblo que no estuviera representada en la confirmación por un primo como mínimo. Los nuevos comulgantes, con sus rostros francos y reverentes, eran una hermosa visión cuando entraron desfilando y ocuparon los primeros bancos, reservados para ellos. Antes incluso de que empezara la misa, se palpó la emoción en el ambiente. El coro cantó mejor que nunca y Raoul Marcel, con el «Gloria», atrajo incluso la mirada del obispo hacia la galería del órgano.

Para el ofertorio, cantó el «Ave María» de Gounod, que en Sainte-Agnes se mencionaba siempre como «el Ave María» a secas.

Emil empezó a torturarse con preguntas sobre Marie. ¿Estaba enferma? ¿Se había peleado con su marido? ¿Era demasiado desgraciada para hallar consuelo incluso allí? ¿Había pensado quizá que él iría a verla? ¿Lo estaba esperando? Abrumado por la turbación y el pesar que sentía, su cuerpo y su mente se dejaron atrapar por el éxtasis de la misa. Mientras escuchaba a Raoul, pareció emerger del torbellino de emociones contradictorias en el que estaba envuelto. Se sintió como si una luz brillante iluminara sus pensamientos, y con ella, la convicción de que el bien era, pese a todo, más fuerte que el mal, y que el bien era posible entre los hombres. Pareció descubrir que había una especie de éxtasis en el que podría amar para siempre sin vacilar ni pecar. Miró a Frank Shabata con calma por encima de las cabezas. Aquel éxtasis era para las personas que podían sentirlo; para los demás, no existía. No codiciaba nada de lo que tenía Frank Shabata. El espíritu que había encontrado en la música era suyo. Frank Shabata no lo había encontrado jamás; no lo habría encontrado jamás, aunque hubiera vivido mil años junto a él; lo habría destruido de haberlo encontrado, como Herodes masacró a los inocentes, como Roma masacró a los mártires.

San-cta Mari-i-i-a,

cantaba Raoul desde la galería del órgano, con voz lastimera;

O-ra pro no-o-bis!

Y a Emil no se le ocurrió que algún otro hubiera podido
razonar antes igual que él, que la música hubiera dado a
otro hombre aquella dudosa revelación.

A la misa le siguió la ceremonia de confirmación. Cuando terminó, los feligreses se apiñaron en torno a los recién
confirmados. Besaron a las niñas, y también a los niños, los
abrazaron y lloraron. Todas las tías y abuelas lloraron de alegría. Las madres tuvieron que hacer un gran esfuerzo para
arrancarse del regocijo general y apresurarse a volver a la
cocina. Los fieles que vivían apartados del pueblo pensaban
quedarse a comer allí, y casi todas las casas de Sainte-Agnes
tenían invitados aquel día. El padre Duchesne, el obispo y
los dos sacerdotes acompañantes comerían con Fabien Sauvage, el banquero. A Emil y Frank Shabata los había invita-
do el viejo Moïse Marcel. Después de la comida, Frank y el
viejo Moïse se retiraron al cuarto trasero de la cantina para
jugar a California Jack y beber coñac, y Emil se fue a casa del
banquero con Raoul, al que habían pedido que cantara
para el obispo.

A las tres de la tarde, Emil no pudo soportarlo más. Se
escabulló mientras se cantaba «The Holy City», seguido por
la mirada melancólica de Malvina, y se fue al establo en
busca de su yegua. Se encontraba en ese punto culminante
de la excitación en el que todo se escorza, desde el que la
vida parece corta y sencilla y la muerte muy cercana, y desde
el que el alma parecer planear como un águila. Cuando
pasó por delante del cementerio, miró el agujero marrón

en la tierra en el que iba a yacer Amédée, y no sintió horror. También eso era hermoso, aquel sencillo umbral hacia el olvido. El corazón, cuando está demasiado vivo, anhela esa tierra marrón y el éxtasis no teme a la muerte. Son los viejos, los pobres y los tullidos los que se acobardan ante ese agujero; sus pretendientes se encuentran entre los jóvenes, los apasionados, los aguerridos. Hasta que dejó atrás el cementerio, Emil no se dio cuenta de cuál era la dirección que había tomado. Era el momento de la despedida. Pudiera ser la última vez que la viera a solas, y aquel día pensaba separarse de ella sin rencor, sin amargura.

Por todas partes se erguían las mieses maduras y en la tarde calurosa el olor del trigo maduro lo inundaba todo, como el aroma del pan cociéndose en el horno. El olor del trigo y del meliloto le llegó únicamente como algo agradable en un sueño. No notó nada más que la sensación de que la distancia disminuía. Le parecía que su yegua volaba, o que corría sobre ruedas, como un ferrocarril. La luz del sol reflejada en el cristal de la ventana del gran granero rojo lo volvió loco de alegría. Era como una flecha que acabaran de disparar con el arco. Volcó toda su vida en la carretera que se abría ante él, mientras cabalgaba hacia la granja de los Shabata.

Cuando Emil desmontó junto a la verja de los Shabata, su yegua estaba empapada en sudor. La ató en el establo y corrió hacia la casa. Estaba vacía. Tal vez ella estuviera en casa de la señora Hiller, o con Alexandra. Pero cualquier cosa que le recordara a ella bastaría: el huerto, la morera… Cuando llegó al huerto el sol brillaba directamente sobre el

VII

Cuando Frank Shabata volvió a casa aquella noche, encontró la yegua de Emil en su establo. Le asombró semejante impertinencia. El día de Frank había sido muy agitado, como el de todos los demás. Había bebido en exceso desde el mediodía y estaba de mal humor. Rezongaba con amargura entre dientes, mientras guardaba su caballo en el establo y, cuando subió por el sendero y vio la casa a oscuras, se sintió aún más molesto. Se acercó sigilosamente y escuchó desde los peldaños de la entrada. Al no oír nada, abrió la puerta de la cocina y fue de una habitación a otra en silencio. Luego volvió a recorrer la casa de arriba abajo, sin obtener mejores resultados. Se sentó en el último peldaño de la escalera excusada e intentó poner las ideas en orden. En medio de aquel silencio anormal, no se oía más sonido que el de su propia respiración jadeante. De repente una lechuza empezó a ulular en el exterior. Frank levantó la cabeza. Una idea cruzó por su pensamiento y aumentó su sensación de agravio y de rabia. Entró en su dormitorio y sacó su mortífero Winchester 405 del armario.

Cuando Frank cogió su rifle y salió de la casa, no tenía la más mínima intención de hacer nada con él. No creía que tuviera un auténtico motivo para quejarse, pero le complacía sentirse un hombre desesperado. Se había acostumbrado a verse siempre en situaciones desesperadas. Su carácter infeliz era como una jaula de la que no podía escapar, y sentía que otras personas, su mujer en particular, debían de haberlo metido en ella. Jamás se le había ocurrido, más que de una forma vaga, que él mismo se labraba su propia infelicidad. Aunque cogió el rifle con oscuros proyectos en la cabeza, se habría quedado paralizado de miedo de haber sabido que existía la menor probabilidad de que pudiera llevar a cabo cualquiera de ellos.

Frank se dirigió despacio a la verja del huerto, se detuvo y se quedó un momento sumido en sus pensamientos. Volvió sobre sus pasos y registró el granero y el pajar. Luego salió y enfiló el sendero que bordeaba el huerto. El seto era el doble de alto que Frank y era tan espeso que sólo se podía ver a través de él si se asomaba uno por entre las hojas. Vio buena parte del sendero desierto a la luz de la luna. Sus pensamientos lo siguieron hasta los escalones de la cerca, que él imaginaba siempre frecuentados por Emil Bergson. Pero ¿por qué se había dejado el caballo?

Frank se detuvo al llegar a la esquina del trigal donde terminaba el seto del huerto y el sendero conducía a la propiedad de los Bergson a través de los pastos. En la cálida y apacible noche, oyó un murmullo totalmente inarticulado, tan leve como el sonido del agua de un manantial donde no hay caída ni piedras que provoquen turbulencias. Frank aguzó el oído. El murmullo cesó. Contuvo el aliento y empezó a temblar. Apoyando la culata del rifle en el suelo, apartó las hojas de morera suavemente con los dedos y miró a través del seto las figuras oscuras que yacían en la hierba, a la sombra de la morera. Le pareció que debían de notar sus ojos, que debían de oírle respirar. Pero no era así. Frank, que siempre había querido ver las cosas más negras de lo que eran, por una vez quiso creer menos de lo que veía. La mujer que yacía entre las sombras podría haber sido tan fácilmente una de las chicas de los Bergson… De nuevo el murmullo, como de agua brotando del suelo. Esta vez lo oyó con mayor claridad y su sangre fue más rápida que el cerebro. Empezó a actuar, exactamente como empieza a actuar un hombre que entra en la línea de fuego. Se echó el rifle al hombro, apuntó mecánicamente y disparó tres veces sin parar, luego paró sin saber por qué. O bien cerró los ojos o bien sintió vértigo. No vio nada mientras disparaba. Creyó oír un grito simultáneo con el segundo disparo, pero no estaba seguro. Volvió a mirar a través del seto las dos figuras que había bajo la morera. Habían caído un poco separadas la una de la otra y estaban absolutamente inmóviles… No, no del todo; bajo un haz de luz blanca, allí donde la luna brillaba a través de las ramas, la mano de un hombre arrancaba la hierba a espasmos.

De repente la mujer se movió y soltó un grito, luego otro, y otro. ¡Estaba viva! ¡Se arrastraba hacia el seto! Frank dejó caer el rifle y volvió corriendo por el sendero, temblando, tropezando, jadeando. Jamás había imaginado un horror semejante. Los gritos lo persiguieron. Se hicieron más débiles y roncos, como si la mujer se estuviera ahogando. Frank cayó de rodillas junto al seto y se encogió como un conejo, escuchando; cada vez más débiles los gritos, más débiles; un sonido como un gañido; una vez más; un gemido; otro; silencio. Frank se puso en pie con dificultad y siguió corriendo, gimiendo y rezando. Se dirigió por costumbre hacia la casa, donde solía recibir sosiego cuando se ponía frenético, pero al ver la puerta negra, abierta, tuvo un sobresalto. Sabía que había matado a alguien, que una mujer sangraba y gemía en el huerto, pero no se había dado cuenta hasta entonces de que era su mujer. La verja lo miró a la cara. Se llevó las manos a la cabeza. ¿Adónde ir? Alzó el rostro atormentado y miró el cielo.

–¡Santa Madre de Dios, que no sufra! Era una buena chica, ¡que no sufra!

Frank se había habituado a imaginarse en situaciones dramáticas, pero ahora, junto al molino de viento, en el espacio iluminado entre el granero y la casa, frente a su propia puerta negra, no se imaginó en absoluto. Se quedó mirando como la liebre cuando los perros la cercan por todos lados. Y corrió como una liebre de un lado a otro de aquel espacio iluminado por la luna, antes de decidirse a entrar en el oscuro establo en busca de un caballo. La idea de traspasar un umbral le parecía terrorífica. Cogió la yegua de Emil por el bocado y la sacó del establo. No habría podido embridar a un caballo por sí solo. Después de un par o tres de intentos, consiguió auparse a la silla y partió en dirección a Hanover. Si podía alcanzar el tren de la una, tendría dinero suficiente para llegar hasta Omaha.

Mientras pensaba vagamente en esto con una parte menos sensibilizada de su cerebro, sus facultades más agudas revivían una y otra vez los gritos que había oído en el huerto. El terror era lo único que le impedía volver junto a ella, el terror a que pudiera seguir siendo ella, a que pudiera seguir sufriendo. Una mujer, mutilada y desangrándose en su huerto… era el hecho de que se tratara de una mujer lo que le daba tanto miedo. Le parecía inconcebible que hubiera herido a una mujer. Antes se habría dejado comer por bestias salvajes que verla moverse por el suelo como ella se había movido en el huerto. ¿Por qué había sido tan descuidada? Sabía que se ponía como loco cuando se enfadaba. En más de una ocasión le había arrebatado el rifle y se lo había quedado cuando él se enojaba con otras personas. Cierta vez, el rifle se había disparado cuando luchaban por hacerse con él. Ella nunca tenía miedo. Pero, conociéndolo tan bien, ¿por qué no había tenido más cuidado? ¿No tenía todo el verano ante ella para amar a Emil Bergson sin correr tales riesgos? Seguramente también se había encontrado con Smirka allí mismo, en el huerto. No le importaba. Bienvenidos habrían sido todos los hombres del Divide en su huerto, con tal de que ella no le hubiera hecho vivir aquel horror.

Los pensamientos de Frank dieron un vuelco. Sinceramente no creía eso de ella. Sabía que estaba siendo injusto. Detuvo el caballo para confesárselo a sí mismo directamente, para reflexionar sobre ello con mayor claridad. Sabía que él tenía toda la culpa. Durante tres años había intentado quebrantar su espíritu. Ella tenía un modo de ver siempre el lado bueno de las cosas que a él le parecía mero sentimentalismo. Quería que su mujer lamentara que él estuviera desperdiciando sus mejores años entre aquellas gentes estúpidas que no sabían apreciarlo; pero a ella la gente le parecía estupenda. Si alguna vez se hacía rico, tenía la intención de comprarle preciosos vestidos y llevarla a California en un coche Pullman, y tratarla como a una dama, pero mientras tanto quería que ella sintiera que la vida era tan fea e injusta como la veía él. Había intentado hacer desagradable la vida de su mujer. Se había negado a compartir los pequeños placeres que tan valientemente se había procurado ella. Podía alegrarse con la cosa más ínfima del mundo, ¡pero tenía que estar alegre! Cuando fue suya por primera vez, su fe en él, su adoración… Frank golpeó a la yegua con el puño. ¿Por qué Marie le había obligado a hacer aquello?; ¿por qué le había hecho cargar con ello? Se sintió abrumado por aquel espantoso infortunio. De repente volvió a oír sus gritos; los había olvidado momentáneamente.

–¡Marie! –sollozó en voz alta–. ¡Marie!

Cuando Frank se encontraba a medio camino de Hanover, el movimiento de la montura le produjo unas fuertes náuseas. Cuando pasaron, siguió cabalgando, pero no pudo pensar en nada más que en su debilidad física y en el deseo de ser consolado por su mujer. Quería meterse en su propia cama. De haber estado su mujer en casa, habría dado media vuelta y habría vuelto con ella con la mayor docilidad.

VIII

Cuando el viejo Ivar bajó de su pajar a las cuatro de la mañana, se encontró con la yegua de Emil, agotada y cubierta de
sudor, con la brida rota, mascando los puñados dispersos de
heno que había junto a la puerta del establo. El viejo enseguida se temió lo peor. Metió a la yegua en su compartimen-
to, le echó una medida de avena y luego se puso en camino a
la mayor velocidad que le permitieron sus piernas arqueadas, por el sendero que llevaba a la granja vecina más cercana.

–Algo malo le ha pasado a ese muchacho. Ha ocurrido
alguna desgracia. Él no la habría agotado jamás de ese
modo estando en su sano juicio. No es propio de él maltra-
tar a su yegua –mascullaba el viejo sin cesar, caminando a
toda prisa por la corta y húmeda hierba de los pastos con los
pies descalzos.

Mientras Ivar atravesaba corriendo los pastos, los primeros rayos del sol empezaban a traspasar las ramas del huerto
hasta llegar a las figuras cubiertas de rocío. La historia de lo
ocurrido estaba escrita claramente sobre la hierba del huer-

237

to, así como en las moras blancas que habían caído durante la noche y estaban cubiertas de manchas oscuras. Para Emil el capítulo había sido corto. Había recibido un tiro en el corazón, se había vuelto boca arriba y había muerto. El rostro miraba al cielo y tenía el entrecejo fruncido, como si se hubiera dado cuenta de que le había sucedido algo. Pero para Marie Shabata no había sido tan fácil. Una bala le había atravesado el pulmón derecho y otra le había dado en la arteria carótida. Debía de haberse levantado para ir hacia el seto, dejando un rastro de sangre. Luego había vuelto a caer y había sangrado. Desde allí salía otro reguero sangriento, más espeso que el primero, por donde debía de haberse arrastrado de vuelta hasta el cuerpo de Emil. Una vez allí, no parecía haber luchado más. Había colocado la cabeza sobre el pecho de su amante, le había cogido la mano entre las suyas y se había desangrado tranquilamente hasta morir. Estaba tumbada del lado derecho, en una posición cómoda y natural, con la mejilla sobre el hombro de Emil. En su rostro había una expresión de inefable contento. Tenía los labios entreabiertos, los ojos ligeramente entornados, como si soñara despierta o diera una cabezada. Después de haberse tendido así, no parecía haber movido siquiera una pestaña. La mano que sostenía estaba cubierta de manchas oscuras, las marcas de sus besos.

Pero la hierba manchada y resbaladiza, las moras oscurecidas, sólo contaban la mitad de la historia. Dos mariposas blancas procedentes del campo de alfalfa de Frank revoloteaban sobre Emil y Marie entre las sombras entrelazadas; subiendo y bajando, ora juntas, ora separadas; y en la larga hierba, junto a la cerca, las últimas rosas silvestres del año abrían sus corazones rosados para morir.

Cuando Ivar llegó al sendero del seto, vio el rifle de Shabata tirado en el camino. Se volvió y miró por entre las ramas, y cayó de rodillas como si le hubieran cortado las piernas.

–¡Dios misericordioso! –gimió–. ¡Dios, Dios misericordioso!

También Alexandra se había levantado temprano aquella mañana, preocupada por Emil. Estaba arriba, en la habitación de su hermano, cuando desde la ventana vio llegar a Ivar por el sendero que conducía a la granja de los Shabata. Corría como un hombre sin fuerzas, tambaleándose y dando bandazos. Ivar no bebía jamás, así que Alexandra pensó de inmediato que le había dado uno de sus ataques y que debía de ser realmente fuerte. Corrió escaleras abajo y se apresuró a salir a su encuentro para ocultar su trastorno a los del resto de la casa. El viejo cayó en el camino a sus pies y le cogió la mano, sobre la que inclinó la hirsuta cabeza.

–Señora, señora –dijo entre sollozos–, ¡ha ocurrido! ¡Pecado y muerte para los jóvenes! ¡Que Dios se apiade de nosotros!

QUINTA PARTE
ALEXANDRA

I

Ivar estaba sentado en un banco de zapatero en el granero, reparando arneses a la luz de un farol y repitiendo para sí el Salmo número 100. Eran sólo las cinco de un día de mediados de octubre, pero se había levantado tormenta durante la tarde, trayendo consigo negras nubes, un viento frío y lluvia a mares. El viejo llevaba su abrigo de piel de búfalo, y de vez en cuando se interrumpía para calentarse las manos con el farol. De repente, una mujer irrumpió en el cobertizo como empujada por una ráfaga de viento y acompañada por una cortina de gotas. Era Signa, envuelta en un abrigo de hombre y con unas botas que le cubrían los zapatos. En aquella hora de infortunio, Signa había vuelto para quedarse con su señora, pues era la única de las sirvientas de la que Alexandra aceptaba una atención personal. Hacía tres meses desde que la noticia de la terrible tragedia acaecida en el huerto de Frank Shabata se había extendido como un reguero de pólvora por el Divide. Signa y Nelse se quedarían con Alexandra hasta el invierno.

–Ivar –exclamó Signa, secándose la lluvia de la cara–, ¿sabes dónde está?

El viejo dejó el cuchillo de zapatero.

–¿Quién, la señora?

–Sí. Salió a eso de las tres. Yo miraba casualmente por la ventana y la he visto atravesar los campos con un fino vestido y un sombrero de paja. Y ahora hay tormenta. Creía que estaría en casa de la señora Hiller y la he telefoneado en cuando ha dejado de tronar, pero no ha estado allí. Me temo que ande por ahí fuera y que acabe muriéndose de frío.

Ivar se puso su gorro y cogió el farol.

–*Ja, ja*, ya veremos. Engancharé la yegua del chico al carro e iré a buscarla.

Signa lo siguió, saliendo del cobertizo donde guardaban el carro para ir al establo de los caballos, que estaba enfrente. Temblaba por el frío y la preocupación.

–¿Dónde crees que puede estar, Ivar?

El viejo descolgó con cuidado un arnés de su gancho.

–¿Y yo qué voy a saber?

–Pero seguro que estará en el cementerio, ¿no crees? –insistió Signa–. Yo sí. ¡Oh, ojalá volviera a ser ella misma! No puedo creer que Alexandra Bergson haya llegado a estos extremos. Tengo que decirle incluso cuándo ha de comer y cuándo ha de acostarse.

–Paciencia, paciencia, hermana –musitó Ivar, colocando el bocado a la yegua–. Cuando se cierran los ojos de la carne, se abren los ojos del espíritu. Recibirá un mensaje de los que se han marchado y eso le traerá la paz. Hasta entonces, debemos ser pacientes con ella. Tú y yo somos los únicos a los que hace caso. Confía en nosotros.

–Qué tres meses más horribles han sido. –Signa levantó el farol para que Ivar viera las hebillas y pudiera abrocharlas–. No me parece justo que todos tengamos que ser desgraciados. ¿Por qué hemos de ser castigados los demás? Tengo la impresión de que los buenos tiempos ya nunca volverían.

Ivar se expresó con un profundo suspiro, pero no dijo nada. Se agachó y se quitó una brizna de duraznillo del dedo gordo del pie.

–Ivar –preguntó Signa de repente–, ¿querrías contarme por qué vas descalzo? Cuando vivía aquí, en la casa, siempre quise preguntártelo. ¿Es una penitencia, o qué?

–No, hermana. Es para complacer al cuerpo. Desde mi juventud he tenido un cuerpo fuerte y rebelde, y he estado sujeto a toda clase de tentaciones. Incluso a mi edad sigo teniéndolas. Fue necesario hacer algunas concesiones, y los pies, tal como lo entiendo yo, son las extremidades libres. No hay ninguna prohibición divina para ellos en los Diez Mandamientos. Las manos, la lengua, los ojos, el corazón; se nos ordena que sojuzguemos todos los deseos corporales, pero los pies son extremidades libres. Les doy satisfacción sin hacer daño a nadie, incluso pisoteo la porquería, cuando mis deseos son más viles. Los pies se limpian rápidamente.

Signa no se rió. Su expresión era pensativa cuando siguió a Ivar al cobertizo del carro y sujetó las varas mientras él hacia retroceder a la yegua y la enganchaba.

–Has sido un buen amigo para la señora, Ivar –musitó.

–Y tú, Dios te bendiga –replicó Ivar, encaramándose al

carro y poniendo el farol bajo el hule con que se cubría las rodillas–. Y ahora, a agacharse, muchacha –dijo a la yegua, empuñando las riendas.

Cuando salieron del cobertizo, un chorro de agua cayó del tejado de paja sobre el cuello de la yegua. La yegua echó la cabeza hacia atrás con indignación, y luego se puso en marcha valientemente, pisando la tierra blanda, resbalando una y otra vez al subir la colina en dirección a la carretera principal. Entre la lluvia y la oscuridad, Ivar veía muy poco, así que se dejó llevar por la yegua de Emil, limitándose a mantenerla en la dirección correcta. Cuando llegaron a terreno llano, la hizo salir de la carretera fangosa para que pudiera trotar por la tierra sin resbalar.

Antes de que Ivar llegara al cementerio, que estaba a cinco kilómetros de la casa, la tormenta había amainado y el diluvio se había convertido en llovizna. El cielo y la tierra tenían un oscuro color gris humo y parecían unirse, como dos olas. Cuando Ivar detuvo el carro ante la verja y agitó el farol, una figura blanca que estaba sentada junto a la lápida blanca de John Bergson se levantó.

El viejo saltó al suelo y se dirigió a la verja, gritando:

–¡Señora, señora!

Alexandra corrió a reunirse con él y le puso una mano sobre el hombro.

–¡Shss, Ivar! No hay nada de que preocuparse. Siento haberos asustado a todos. No me he dado cuenta de que se avecinaba la tormenta hasta que la tenía encima, y entonces ya no podía volver. Me alegro de que hayas venido. Estaba tan cansada que no sabía cómo iba a volver a casa.

Ivar levantó el farol para que la luz iluminara su cara.

—*Gud!* Nos asustaría sólo con verla, señora. Parece una ahogada. ¡Cómo se le ha ocurrido hacer tal cosa!

Gruñendo y murmurando, Ivar la condujo al otro lado de la verja y la ayudó a subirse al carro, donde la envolvió en las mantas secas sobre las que él se había sentado.

Alexandra sonrió al verlo tan solícito.

—No servirán de mucho, Ivar. Sólo para que se quede dentro la humedad. Ya no tengo frío, pero estoy cansada y entumecida. Me alegro de que estés aquí.

Ivar hizo dar media vuelta a la yegua y la puso al trote. Los cascos no dejaban de lanzar al aire salpicaduras de barro. Alexandra habló con el viejo mientras avanzaban en medio del sombrío crepúsculo tormentoso.

—Ivar, creo que me ha hecho bien superar el frío una vez. No creo que vuelva a sufrir ya demasiado. Cuando uno está tan cerca de los muertos, le parecen más reales que los vivos. A uno le abandonan todos los pensamientos mundanos. Desde que murió Emil, he sufrido mucho siempre que ha llovido. Ahora que he estado bajo la lluvia con él, ya no la temeré más. Cuando se supera el frío, la sensación que produce la lluvia es muy agradable. Parece revivir sentimientos de la infancia. Te devuelve al tiempo de la oscuridad, cuando aún no habías nacido; no ves las cosas, pero las sientes de alguna manera y las conoces, y no las temes. Quizá sea esto lo que experimentan los muertos. Si sienten algo, son las cosas antiguas, de antes de que nacieran, las que consuelan a las personas, como la sensación que les produce su propia cama cuando son pequeños.

–Señora –dijo Ivar con tono de reproche–, ésos son malos pensamientos. Los muertos están en el Paraíso.

Entonces agachó la cabeza, pues no creía que Emil estuviera en el Paraíso.

Cuando llegaron a casa, Signa había encendido el fuego en la estufa de la sala de estar. Desvistió a Alexandra y le lavó los pies con agua caliente, mientras Ivar hacía una infusión de jengibre en la cocina. Cuando Alexandra estaba ya en la cama envuelta en mantas calientes, Ivar entró con la infusión y esperó a que se la tomara. Signa pidió permiso para dormir en el diván de piel de oveja, junto a su puerta. Alexandra soportó sus atenciones pacientemente, pero se alegró cuando apagaron la lámpara y la dejaron sola. Mientras yacía en la oscuridad, se le ocurrió por primera vez que tal vez estaba cansada de la vida en realidad. Todas las actividades físicas de la vida parecían difíciles y dolorosas. Anhelaba liberarse de su propio cuerpo dolorido que tanto le pesaba. Y el mismo anhelo era pesado: ansiaba liberarse de él.

Mientras estaba tumbada en la cama con los ojos cerrados, tuvo de nuevo, más vívida que en muchos años, la vieja fantasía de su juventud, la de ser alzada y llevada en brazos por alguien muy fuerte. Esta vez se quedó mucho tiempo con ella, y la llevó muy lejos, y en sus brazos se sintió libre de todo dolor. Cuando la depositó de nuevo sobre su cama, Alexandra abrió los ojos y, por primera vez en su vida, lo vio, lo vio claramente, aunque la habitación estaba a oscuras y él tenía el rostro cubierto. Estaba en el umbral de la puerta de su habitación. Se tapaba el rostro con la blanca capa y tenía la cabeza un poco inclinada. Sus hombros parecían tan fuertes como los cimientos del mundo. Su brazo derecho, desnudo hasta el codo, era oscuro y reluciente, como de bronce, y Alexandra comprendió de inmediato que era el brazo del más fuerte de los amantes. Supo por fin a quién había estado esperando y adónde la llevaría. Eso, se dijo, estaba muy bien. Luego se durmió.

Alexandra se despertó por la mañana sin otra cosa peor que un fuerte resfriado y un hombro agarrotado. Guardó cama durante varios días y fue durante ese tiempo cuando tomó la decisión de ir a Lincoln a ver a Frank Shabata. Desde que lo había visto en la sala del juicio por última vez, el rostro demacrado y los ojos desorbitados de Frank la habían perseguido desde entonces. El juicio sólo había durado tres días. Frank se había entregado voluntariamente a la policía en Omaha y se había declarado culpable de asesinato sin alevosía y sin premeditación. El rifle, claro está, fue una prueba en su contra, y el juez le condenó a la pena máxima: diez años. Llevaba un mes en la Penitenciaría del Estado.

Frank era el único, se dijo Alexandra, por el que podía hacerse alguna cosa. Él era el que menos se había equivocado de todos ellos, y era el que sufría el mayor castigo. A menudo Alexandra tenía la sensación de que ella era más culpable que el pobre Frank. Desde el momento en que los Shabata se habían instalado en la granja vecina, ella no había dejado pasar la menor oportunidad de reunir a Marie y a Emil. A cada momento enviaba a Emil a cavar, o plantar o hacer trabajos de carpintería para Marie, porque sabía que a Frank no le gustaba hacer aquellas pequeñas cosas para ayudar a su mujer. Le alegraba que Emil tuviera el trato más frecuente posible con una chica inteligente y educada en la ciudad como su vecina; notaba que mejoraba sus modales. Sabía que Emil sentía afecto por Marie, pero jamás se le había ocurrido que los sentimientos de Emil pudieran ser distintos de los suyos. Ahora se extrañaba, pero entonces no había recelado nunca el menor peligro por aquella parte. Si Marie hubiera sido soltera... ¡oh, sí! Entonces habría tenido los ojos bien abiertos. Pero el mero hecho de que fuera la mujer de Shabata zanjaba la cuestión a los ojos de Alexandra. Que fuera hermosa, impulsiva y tuviera apenas dos años más que Emil, nada de esto había contado para Alexandra. Emil era un buen chico y sólo los chicos malos andaban detrás de las mujeres casadas.

Ahora Alexandra se daba cuenta de que Marie era, a pesar de todo, Marie, y no sólo «una mujer casada». Algunas veces, cuando Alexandra pensaba en ella, sentía una dolorosa ternura. En cuanto llegó al huerto y vio los cuerpos aquella mañana, lo vio todo claro. Había algo en aquellos dos seres que yacían sobre la hierba, algo en el modo en que Marie había apoyado la mejilla sobre el hombro de Emil, que se lo dijo todo. Se preguntó entonces cómo podían haber evitado amarse, cómo podía haber evitado ella misma saber que debían amarse. El rostro frío y ceñudo de Emil, la satisfacción de la cara de Marie. A Alexandra la habían sobrecogido, a pesar incluso de la conmoción y de la pena.

La pereza de aquellos días en cama, la relajación del cuerpo que los acompañó, permitieron a Alexandra reflexionar con más calma de la que había tenido desde la muerte de

Emil. Frank y ella, se dijo, eran los únicos que quedaban de aquel grupo de amigos a los que había abrumado la desgracia. Tenía que ver a Frank Shabata. Incluso en la sala del juicio había sentido pena por él. Frank se encontraba en una tierra extranjera, sin amigos ni parientes, y en un momento había arruinado su vida. Dado su carácter, Alexandra estaba convencida de que Frank no podía haber actuado de otra manera. Podía comprender su comportamiento más fácilmente que el de Marie. Sí, debía ir a Lincoln y ver a Frank Shabata.

El día después del funeral de Emil, Alexandra había escrito a Carl Linstrum una sola hoja de papel de notas, una simple exposición de lo ocurrido. No era mujer que pudiera escribir mucho sobre una cosa semejante, y sobre sus propios sentimientos nunca era capaz de escribir con libertad. Sabía que Carl estaba muy lejos de cualquier oficina de correos, buscando oro en algún lugar del interior. Antes de iniciar el viaje le había dicho por carta dónde pensaba ir, pero las ideas de Alexandra sobre Alaska eran vagas. A medida que pasaban las semanas sin saber nada de él, Alexandra tuvo la impresión de que su corazón se cerraba a Carl. Empezó a dudar de que no fuera mejor terminar sus días sola. Lo que le quedaba de vida le parecía insignificante.

II

A última hora de la tarde de un radiante día de octubre, Alexandra Bergson se apeó en la estación de trenes de Burlington, en Lincoln, vestida con un traje negro y un sombrero de viaje. Fue al Hotel Lindell, donde se había alojado hacía un par de años cuando acudió a la ceremonia de graduación de Emil. A pesar de su habitual aire de seguridad y dominio de sí misma, Alexandra se sentía incómoda en los hoteles, y se alegró, al acercarse a la recepción para registrarse, de que no hubiera mucha gente en el vestíbulo. Cenó temprano en el comedor del hotel, sin quitarse el sombrero ni la chaqueta negra, y llevando el bolso. Después de cenar, salió a dar un paseo.

Anochecía cuando llegó al campus universitario. No entró en el recinto, sino que recorrió lentamente la acera de piedra que había frente a la larga verja de hierro, observando a través de ella a los jóvenes que corrían de un edificio a otro, las luces que brillaban en la sala de prácticas y la biblioteca. Una escuadra de cadetes hacía la instrucción detrás de la sala de prácticas, y las órdenes de su joven oficial resonaban a intervalos regulares, tan bruscas y veloces que Alexandra no las entendía. Dos chicas robustas bajaron por los escalones de la biblioteca y salieron por una de las verjas de hierro. Cuando pasaron por delante de ella, Alexandra se alegró de oírlas hablar en bohemio. Cada tanto, un chico bajaba corriendo por el sendero flanqueado de banderas y salía corriendo a la calle como si tuviera prisa por anunciar alguna maravilla al mundo. Alexandra sintió un gran cariño por todos ellos. Deseó que uno de ellos se detuviera y le hablara. Deseó ser capaz de preguntarles si alguno de ellos había conocido a Emil.

Mientras deambulaba junto a la verja del lado sur, acabó topando con uno de los muchachos, que llevaba la gorra de instrucción puesta y balanceaba los libros sujetos por una larga tira de cuero. Era ya de noche; no la vio y chocó con ella. Se quitó la gorra inmediatamente y jadeó con la cabeza descubierta:

—Lo siento muchísimo —dijo con voz clara y fuerte, elevando la inflexión al final, como si esperara que ella dijera algo.

—¡Oh, ha sido culpa mía! —se apresuró a decir Alexandra—. ¿Puedo preguntarle si es un estudiante veterano?

—No, señora. Soy un novato, recién llegado de la granja. Del condado Cherry. ¿Buscaba usted a alguien?

—No, gracias. Es decir… —Alexandra intentó retenerlo—. Es decir, quisiera encontrar a alguno de los amigos de mi hermano. Se licenció hace dos años.

—Entonces tendrá que probar con los de último curso, ¿no? Veamos; aún no conozco, pero seguro que habrá alguno por la biblioteca. Ese edificio rojo de ahí —señaló.

–Gracias, probaré –dijo Alexandra, demorándose.

–¡Oh, está bien! Buenas noches. –El muchacho se puso la gorra en la cabeza y corrió por Eleventh Street. Alexandra se lo quedó mirando con nostalgia.

Volvió al hotel tranquilizada sin motivo.

–Qué voz tan bonita tenía ese chico, y qué educado era. Sé que Emil era siempre así con las mujeres. –Y una vez más, después de desvestirse, mientras se cepillaba en camisón la larga y pesada cabellera a la luz eléctrica, lo recordó y se dijo–: No creo que haya oído nunca una voz tan agradable como la de aquel muchacho. Espero que le vaya bien aquí. El condado Cherry; ahí es donde tienen el heno tan bueno, y los coyotes escarban la tierra buscando agua.

A las nueve de la mañana del día siguiente, Alexandra se presentó en el despacho del director de la Penitenciaría del Estado. El director era un alemán, un hombre rubicundo de aspecto jovial que antes había sido fabricante de arneses. Alexandra tenía una carta para él del banquero alemán en Hanover. El señor Schwartz guardó su pipa, mientras miraba la carta.

–¿Es ese bohemio grande? Sí, va muy bien –dijo el señor Schwartz animadamente.

–Me alegro de oírlo. Temía que pudiera ser pendenciero y meterse en más líos. Señor Schwartz, si tiene usted tiempo, querría hablarle un poco de Frank Shabata y de por qué me intereso por él.

El director la escuchó cordialmente, mientras ella le hacía un resumen de la vida y del carácter de Frank, pero no pareció hallar nada insólito en su relato.

–Claro que lo vigilaré bien. Vamos a ocuparnos de él –dijo, poniéndose en pie–. Puede hablar aquí con él, mientras voy a revisar la cocina. Haré que se lo envíen. Debería haber terminado de limpiar su celda a esta hora. Tenemos que hacer que mantengan la limpieza, ¿comprende?

El director hizo una pausa en la puerta y habló por encima del hombro a un hombre joven y pálido, con ropa de convicto, que estaba sentado en un escritorio en el rincón, escribiendo en un enorme libro de cuentas.

–Bertie, cuando traigan al 1037, sal y dale a esta señora oportunidad de hablar.

El joven inclinó la cabeza y volvió a encorvarse sobre su libro de cuentas.

Cuando el señor Schwartz desapareció, Alexandra metió el pañuelo de negro dobladillo en el bolso con gesto nervioso. Al bajarse del tranvía no había sentido el menor miedo a encontrarse con Frank. Pero desde que estaba allí, los sonidos y los olores del corredor, el aspecto de los hombres con trajes de convictos que pasaban por delante de la puerta de cristal del despacho del director, la afectaron de una forma desagradable.

El reloj del director hacía tictac, la pluma del joven convicto rascaba afanosamente en el gran libro y sus hombros huesudos sufrían cada pocos segundos la sacudida de una tos suelta que intentaba sofocar. Era fácil ver que estaba enfermo. Alexandra lo miró tímidamente, pero él no levantó los ojos ni una sola vez. Llevaba una camisa blanca bajo la chaqueta de rayas, cuello alto y corbata anudada con esmero. Tenía las manos delgadas, blancas y bien cuidadas, y un anillo de sello en el dedo meñique. Cuando el joven oyó pasos acercándose por el corredor, se levantó, aplicó al libro papel secante, dejó la pluma en el soporte y salió de la habitación sin levantar los ojos. Un guardia entró por la misma puerta, trayendo con él a Frank Shabata.

–¿Es usted la señora que quería hablar con el 1037? Aquí está. Bueno, ahora a portarse bien. Él también puede sentarse, señora –dijo, viendo que Alexandra seguía de pie–. Apriete ese botón blanco cuando haya acabado y vendré.

El guardia salió y Alexandra y Frank se quedaron solos. Alexandra intentó no ver sus espantosas ropas. Intentó mirarle directamente a la cara, que apenas podía creer que fuera la suya. Había adquirido un tono gris ceniciento. Los labios habían perdido el color, sus bonitos dientes estaban amarillos. Frank miró a Alexandra con expresión huraña, cegado por la luz como si acabara de surgir de un lugar oscuro, y tenía un tic en una ceja. Alexandra comprendió de inmediato que aquella entrevista era una terrible prueba para él. La cabeza afeitada, mostrando la forma de su cráneo, le daba un aspecto criminal que no había tenido durante el juicio.

Alexandra alargó una mano.

–Frank –dijo, llenándose de pronto sus ojos de lágrimas–, espero que me permitirás mostrarte mi amistad. Comprendo por qué lo hiciste. No te guardo rencor. Ellos eran más culpables que tú.

Frank sacó un sucio pañuelo azul del bolsillo de sus pantalones. Se había echado a llorar. Apartó el rostro de Alexandra.

–Yo nunca querer hacer daño a esa mujer –musitó–. Yo nunca querer hacer daño al chico. No tener nada contra ese chico. Siempre me gusta ese buen chico. Y entonces lo encuentro… –Se interrumpió. Las emociones desaparecieron de su cara y sus ojos. Se dejó caer en una silla y miró el suelo con expresión impávida, las manos colgando entre las rodillas y el pañuelo cruzado sobre la pierna de pantalones rayados. Parecía haber despertado una repugnancia interior que paralizaba sus facultades.

–No he venido hasta aquí para echarte la culpa, Frank. Creo que ellos fueron más culpables que tú. –También Alexandra se sentía aturdida.

Frank levantó la vista de pronto y miró por la ventana del despacho.

–Supongo que aquel lugar donde trabajo tan duramente se echa a perder –dijo con una lenta y amarga sonrisa–. No me importa nada. –Hizo una pausa y se frotó la palma de la mano sobre la pelusa de la cabeza con gesto de fastidio–. No poder pensar sin pelo –se quejó–. Olvido inglés. No hablar aquí, sólo palabrotas.

Alexandra estaba desconcertada. Frank parecía haber experimentado un cambio de personalidad. Apenas quedaba nada en él que le permitiera reconocer a su apuesto vecino bohemio. En cierto sentido no parecía del todo humano. No sabía qué decirle.

–¿Me guardas rencor, Frank? –preguntó al fin.

Frank apretó el puño y respondió con súbita excitación:

–No guardar rencor a ninguna mujer. Le digo yo no soy esa clase de hombre. Nunca pego a mi mujer. ¡No, nunca hago daño a ella cuando se porta muy mal conmigo! –Dio un puñetazo sobre la mesa del director con tanta fuerza que después la acarició distraídamente. Un pálido tono rosado empezó a subirle por el cuello y la cara–. Dos, tres años, sé que esa mujer no quiere más a mí, Alexandra Bergson. Sé que busca otro hombre. ¡La conozco, oh, oh! Yyo nunca hago daño a ella. Nunca haría eso, si no llevo el rifle. No sé por qué demonios cojo aquel rifle. Ella dice siempre no soy hombre para llevar armas. Si ella estaba en la casa, donde debía estar... Pero es hablar por hablar.

Frank se frotó la cabeza y se interrumpió de pronto, como se había interrumpido antes. Alexandra tenía la impresión de que había algo raro en el modo en que se quedaba parado, como si surgiera algo en su interior que acabara con capacidad de sentir o de pensar.

–Sí, Frank –dijo con tono benevolente–. Sé que no pretendías hacer daño a Marie.

Frank le dedicó una extraña sonrisa. Lentamente sus ojos se llenaron de lágrimas

–¿Sabe?, casi olvido nombre de esa mujer. Ya no tener nombre para mí. Nunca odio mi mujer, pero aquella mujer que me obliga a hacer eso... Se lo juro, ¡cómo la odio! Yo no hombre para luchar. No quiero matar muchacho ni mujer. No me importa cuántos hombres ella lleva bajo aquel árbol. No importa nada más que aquel joven estupendo que yo mato, Alexandra Bergson. Creo que me vuelvo loco.

Alexandra recordó el pequeño bastón amarillo que había encontrado en el armario ropero de Frank. Pensó que había llegado a aquel país como un hombre joven y alegre, tan atractivo que la chica bohemia más hermosa de Omaha se había fugado con él. No le parecía razonable que la vida le hubiera deparado acabar en un lugar como aquél. Alexandra culpaba a Marie con amargura. ¿Y por qué, con su carácter feliz y afectuoso, tenía que llevar la destrucción y el dolor a todos cuantos la amaban, incluso al pobre y anciano Joe Tovesky, el tío que solía mostrarla a todos tan orgullosamente cuando era una niña? Eso es lo más extraño de todo. ¿Había entonces algo malo en ser apasionada e impulsiva como ella? A Alexandra no le gustaba pensarlo. Pero Emil estaba en el cementerio noruego y Frank Shabata estaba en la cárcel. Alexandra se levantó y le cogió una mano.

–Frank Shabata, no pararé hasta conseguir que te indulten. No dejaré vivir al gobernador. Sé que puedo sacarte de este lugar.

Frank la miró con recelo, pero adquirió confianza al ver su cara.

–Alexandra –dijo con seriedad–, si salgo de aquí, no molesto más en este país. Vuelvo a mi tierra; veo a mi madre.

Alexandra intentó retirar la mano, pero Frank la retuvo con nerviosismo. Alargó un dedo y distraídamente tocó un botón de su chaqueta negra.

–Alexandra –dijo en voz baja, mirando el botón fijamente–, no cree que yo trato mal a esa chica antes…

–No, Frank. No hablaremos de eso –dijo Alexandra, apretándole la mano–. Ahora ya no puedo ayudar a Emil, así que haré cuanto pueda por ti. Sabes bien que no me alejo a menudo de mi casa, y he venido aquí con el único propósito de decirte esto.

El director miró con expresión inquisitiva desde el cristal de la puerta. Alexandra asintió y él entró y oprimió el botón blanco de su mesa. Apareció el guardia y, con el corazón encogido, Alexandra vio cómo se llevaba a Frank por el corredor. Tras intercambiar unas palabras con el señor Schwartz, abandonó la prisión y se dirigió a la parada del tranvía. Había rechazado con horror la cordial invitación del director a «visitar la institución». Mientras el tranvía discurría por los raíles dando bandazos, de vuelta a Lincoln, Alexandra pensó en que Frank y ella eran náufragos de la misma tormenta y que, si bien ella podía salir a la luz del sol, no le quedaba mucho más en la vida que a él. Recordó los versos de un poema que le había gustado en sus días escolares:

> *«A partir de ahora, el mundo será tan sólo*
> *Una prisión más amplia para mí…»*

y suspiró. Una repugnancia hacia la vida pesaba sobre su ánimo; un sentimiento parecido al que había helado dos veces las facciones de Frank Shabata mientras conversaban. Alexandra deseó estar en el Divide.

Cuando entró en su hotel, el recepcionista levantó un dedo para hacerle señas. Al acercarse ella al mostrador, el hombre le entregó un telegrama. Alexandra cogió el sobre amarillo y lo miró con perplejidad, luego se metió en el ascensor sin abrirlo. Caminando por el pasillo en dirección a su habitación, pensó que, en cierta manera, era inmune a las malas noticias. Al llegar a su habitación, cerró la puerta con llave y, sentándose en la silla del tocador, abrió el telegrama. Era de Hanover y rezaba así:

Llegué anoche Hanover. Esperaré aquí hasta tu vuelta. Apresúrate, por favor.

CARL LINSTRUM

Alexandra apoyó la cabeza en el tocador y se echó a llorar.

III

Al día siguiente por la tarde, Carl y Alexandra atravesaban los campos, de vuelta de casa de la señora Hiller. Alexandra había abandonado Lincoln pasada la medianoche y Carl había ido a buscarla a la estación de Hanover por la mañana temprano. Al llegar a casa, Alexandra había ido a ver a la señora Hiller para entregarle un pequeño regalo que le había comprado en la ciudad. Se habían quedado en la puerta de la anciana apenas un momento, y luego pasaron el resto de la tarde paseando por los campos soleados.

Alexandra se había quitado el traje negro y se había puesto un vestido blanco; en parte porque se daba cuenta de que la ropa negra incomodaba a Carl y en parte porque también a ella le resultaba opresiva. Parecía un poco como la prisión donde la había llevado puesta el día de la víspera, y estaba fuera de lugar en medio del campo. Carl había cambiado muy poco. Su cara estaba más morena y llena. Parecía menos un cansado erudito que un año atrás, al marcharse, pero nadie lo tomaría jamás por hombre de negocios. Sus suaves y brillantes ojos negros, su sonrisa enigmática, no serían tan mal vistos en el Klondike* como en el Divide. Siempre hay soñadores en la frontera.

Carl y Alexandra no habían parado de hablar desde la mañana. Carl no había llegado a recibir la carta de ella. Se había enterado de su desgracia por un periódico de San Francisco atrasado cuatro semanas, que había encontrado en una cantina y que contenía una breve reseña sobre el juicio de Frank Shabata. Cuando dejó el periódico, había decidido ya que él podía volver junto a Alexandra en el mismo tiempo que tardaría en llegarle una carta, y desde entonces se había puesto en camino sin detenerse ni de noche ni de día, tomando los barcos y los trenes más veloces que pudo encontrar. El vapor en el que viajaba se había visto detenido dos días por el mal tiempo.

Cuando salieron del jardín de la señora Hiller, reanudaron la conversación donde la habían dejado.

–Pero ¿has podido marcharte así, Carl, sin tener que arreglar nada? ¿Has podido irte sencillamente y dejar el negocio? –preguntó Alexandra.

Carl rió.

–¡Prudente Alexandra! Verás, querida, resulta que tengo un socio honrado. Confío en él plenamente. De hecho, la empresa ha sido suya desde el principio, ¿sabes? Yo sólo estoy en ella porque él me aceptó. Tendré que volver en primavera. Tal vez quieras volver conmigo entonces. Todavía no hemos ganado millones, aunque hemos tenido un inicio

---

* Río del extremo noroeste de Canadá, donde se produjo una de las últimas «fiebres del oro».

prometedor. Pero este invierno quisiera pasarlo contigo. No pensarás que debamos esperar más, por lo de Emil, ¿verdad, Alexandra?

Alexandra meneó la cabeza.

—No, Carl, no pienso eso en absoluto. Y desde luego no debes preocuparte por nada de lo que Lou y Oscar puedan decir. Ahora están mucho más enfadados conmigo que contigo, por lo de Emil. Dicen que todo fue culpa mía. Que lo estropeé enviándolo a la universidad.

—No, Lou y Oscar no me importan lo más mínimo. En cuanto supe que tenías problemas, en cuanto pensé que podías necesitarme, lo vi todo diferente. Tú siempre has sido una persona optimista. —Carl vaciló, mirando de reojo la figura fuerte y robusta—. Pero ¿me necesitas ahora, Alexandra?

Ella puso una mano sobre su brazo.

—Te necesité terriblemente cuando todo ocurrió, Carl. Lloraba por ti todas las noches. Luego el corazón pareció endurecerse, y pensé que tal vez ya no volverías a importarme. Pero cuando recibí tu telegrama ayer, entonces..., entonces todo volvió a ser como antes. Tú eres lo único que me queda en el mundo, ¿sabes?

Carl le apretó la mano en silencio. En aquel momento pasaron por delante de la casa vacía de los Shabata, pero evitaron el sendero del huerto y siguieron por otro que pasaba por el estanque de los pastos.

—¿Lo entiendes tú, Carl? —murmuró Alexandra—. No he podido hablar con nadie más que con Signa e Ivar. Háblame. ¿Lo entiendes? ¿Lo habrías creído posible de Marie

Tovesky? ¡Yo me habría dejado cortar en pedazos lentamente antes que traicionar su confianza en mí!

Carl contempló la reluciente extensión de agua que tenían ante ellos.

—Tal vez ella también se sentía así, Alexandra. Estoy segura de que intentó evitarlo con todas sus fuerzas; ambos lo intentaron. Por eso Emil se fue a México, claro está. Y estaba a punto de marcharse otra vez, según me cuentas, aunque sólo llevaba tres semanas en casa. ¿Recuerdas aquel domingo, cuando fui con Emil a la feria de la iglesia francesa? Aquel día tuve la impresión de que existía algún tipo de sentimiento entre ellos que se salía de lo normal. Pensé en comentártelo. Pero en el camino de vuelta me encontré con Lou y Oscar y me enfurecí tanto que olvidé todo lo demás. No debes ser dura con ellos, Alexandra. Siéntate aquí un momento, junto al estanque. Quiero contarte algo.

Se sentaron en la orilla cubierta de hierba y Carl le habló de la mañana en que había visto a Emil y a Marie junto al estanque, y lo jóvenes y encantadores y llenos de gracia que le habían parecido entonces.

—A veces ocurren cosas así en el mundo, Alexandra —añadió con seriedad—. Lo he visto antes. Hay mujeres que llevan la ruina a cuantos las rodean sin tener la culpa, sólo por ser demasiado hermosas, por estar demasiado llenas de vida y de amor. No pueden evitarlo. La gente acude a su reclamo como a un cálido fuego en el invierno. Lo mismo me parecía cuando era pequeña. ¿Recuerdas cómo se apiñaron todos los bohemios a su alrededor, aquel día en la tienda, cuando le dio a Emil un caramelo? ¿Recuerdas aquellas chispas amarillas en sus ojos?

Alexandra suspiró.

–Sí, la gente no podía evitar quererla. Creo que el pobre Frank aún la quiere, incluso ahora, aunque está tan confuso que desde hace tiempo su amor ha sido más amargo que su odio. Pero si tú te diste cuenta de que pasaba algo, deberías habérmelo dicho, Carl.

Carl la tomó de la mano y le sonrió pacientemente.

–Querida mía, era algo que se palpaba en el aire, igual que la llegada de la primavera, o de una tormenta en verano. No vi nada. Sencillamente, cuando estaba con aquellas dos jóvenes criaturas, notaba que se me aceleraba el pulso, notaba, ¿cómo expresarlo?, que la vida se aceleraba. Cuando me fui de aquí, todo era demasiado delicado, demasiado intangible para escribirte sobre ello.

Alexandra lo miró, abrumada por la pena.

–Intento ser más liberal en estas cuestiones de lo que era antes. Intento comprender que no todos estamos hechos de la misma manera. Pero ¿por qué no pudo ser con Raoul Marcel, o con Jan Smirka? ¿Por qué tuvo que ser con mi Emil?

–Porque era el mejor, supongo. Los dos eran lo mejor que teníais aquí.

El sol estaba ya bajo en el oeste cuando los amigos se levantaron y reanudaron el camino. Los almiares arrojaban largas sombras, las lechuzas volaban hacia la colina llena de guaridas de perros de las praderas, donde tenían su casa subterránea. Cuando llegaron a la esquina donde se juntaban los pastos, vieron los doce potros de Alexandra galopando en manada por la cima de la colina.

–Carl –dijo Alexandra–, me gustaría irme al norte contigo en primavera. No he ido en barco desde que cruzamos el océano cuando era niña. Cuando llegamos aquí, soñaba a veces con el astillero en el que trabajaba mi padre, y en una especie de ensenada llena de mástiles. –Alexandra hizo una pausa. Tras cavilar unos instantes, dijo–: Pero nunca me pedirías que me fuera de aquí para siempre, ¿verdad?

–Claro que no, amor mío. Creo que sé lo que sientes hacia esta tierra tan bien como tú misma. –Carl le cogió una mano entre las suyas y la oprimió con ternura.

–Sí, aún siento lo mismo, a pesar de que Emil se haya ido. Cuando estaba en el tren esta mañana y nos acercábamos a Hanover, he sentido algo parecido a lo que sentí cuando volví del río con Emil aquella vez, en el año de la sequía. Me alegraba de volver. He vivido aquí muchos años. Hay una gran paz aquí, Carl, y libertad… Cuando salí de la prisión donde está el pobre Frank, pensé que jamás volvería a sentirme libre de nuevo. Pero aquí sí. –Alexandra respiró hondo y miró hacia el oeste enrojecido.

–Perteneces a la tierra –musitó Carl–, como tú misma has dicho siempre. Y ahora más que nunca.

–Sí, ahora más que nunca. ¿Recuerdas lo que dijiste una vez sobre el cementerio y sobre la vieja historia que se escribe sola? Pues ahora somos nosotros quienes la escribimos, con lo mejor que tenemos.

Se detuvieron en la última ondulación del terreno de los pastos, desde donde se dominaba la casa y el molino y los establos que marcaban el lugar donde había estado la granja de John Bergson. La tierra marrón se extendía hacia los cuatro puntos cardinales en suaves ondulaciones hasta tocar el cielo.

–Lou y Oscar no son capaces de ver estas cosas –dijo Alexandra de pronto–. Suponiendo que deje mis tierras en herencia a sus hijos, ¿qué diferencia habría? La tierra pertenece al futuro, Carl; así es como lo veo yo. ¿Cuántos de los nombres que aparecen ahora en las hojas de registro del condado estarán allí dentro de cincuenta años? Lo mismo daría que intentara dejar en herencia ese ocaso a los hijos de mis hermanos. Nosotros venimos y nos vamos, pero la tierra siempre está aquí. Y las personas que la aman y la comprenden son las personas a las que pertenece... durante un tiempo.

Carl la miró con sorpresa. Ella seguía con los ojos vueltos hacia el oeste y en su rostro había esa serenidad exaltada que a veces se adueñaba de ella en momentos de hondas reflexiones. Los rayos del sol poniente brillaban en sus claros ojos.

–¿Por qué piensas en tales cosas ahora, Alexandra?

–Tuve un sueño antes de ir a Lincoln... Pero te lo contaré más adelante, cuando estemos casados. Ya nunca se hará realidad de la forma en que creía que podía ocurrir. –Se cogió del brazo de Carl y echaron a andar hacia la verja–. Cuántas veces hemos recorrido juntos este camino, Carl. ¡Cuántas veces volveremos a recorrerlo! ¿Tienes la impresión de volver a tu casa? ¿Te sientes en paz con este mundo? Creo que seremos muy felices. No tengo ningún temor. Creo que, cuando los amigos se casan, tienen cierta seguridad. No sufrimos como…, como los jóvenes. –Alexandra terminó con un suspiro.

Llegaron a la verja. Antes de abrirla, Carl atrajo a Alexandra hacia sí y la besó suavemente en los labios y en los ojos. Ella dejó caer la cabeza pesadamente sobre su hombro.

–Estoy cansada –musitó–. Me he sentido muy sola, Carl.

Entraron juntos en la casa, dejando el Divide a su espalda, bajo la luz del lucero vespertino. Tierra afortunada, que un día recibirá en su seno corazones como el de Alexandra, para ofrecerlos de nuevo en el trigo amarillo, en el maíz crujiente, ¡en los ojos brillantes de la juventud!